琴 剑 诗 词

高振儒 著

西北工业大学出版社

西 安

图书在版编目（CIP）数据

琴剑诗词／高振儒著. — 西安：西北工业大学出版社，2020.5

ISBN 978-7-5612-6704-2

Ⅰ. ①琴… Ⅱ. ①高… Ⅲ. ①诗词-作品集-中国-当代 Ⅳ. ①I227

中国版本图书馆CIP数据核字（2020）第004456号

QIN-JIAN SHICI

琴 剑 诗 词

责任编辑：隋秀娟　　　　　　　　策划编辑：唐小林

责任校对：李阿盟　　　　　　　　装帧设计：李　飞

出版发行：西北工业大学出版社

通信地址：西安市友谊西路 127 号　　　　邮编：710072

电　　话：(029) 88491757，88493844

网　　址：www.nwpup.com

印　刷　者：广东虎彩云印刷有限公司

开　　本：880 mm×1 230 mm　　　　1/32

印　　张：8.25

字　　数：177 千字

版　　次：2020 年 5 月第 1 版　　　　2020 年 5 月第 1 次印刷

定　　价：42.00 元

如有印装问题请与出版社联系调换

高振儒先生《琴剑诗词》颂（代序）

胡炳生

与先生邂逅，方知祖辈之英风。诧哉！乐哉！先生才艺卓著，早有耳闻。拜读《琴剑诗词》，顿生敬羡之情，遂赋小诗一首，聊表胸臆感言。

饱学诗书承祖传，文理兼蓄两向牵。
除却尘俗不落寞，放歌舒袖舞翩跹。
才艺载车群鹤仰，华年词赋破江关。
与君相形一过客，羞看翰林不成仙。

浣溪沙·喜读《琴剑诗词》

胡炳生

家学渊源笔底宽，琴心剑胆越潼关。阳春一卷和皆难。　　从未识荆聆雅教，却因同好结诗缘。再期负笈访长安。

（胡炳生是安徽师范大学教授、芜湖诗词学会名誉会长）

序

中国素有"诗国"之誉。孔子曰:"不学诗,无以言。"何为诗? 邵雍曰:"诗者言其志。既用言成章,遂道心中事。不止炼其辞,抑亦炼其意。炼辞得奇句,炼意得余味。"诗学广博深邃,源远流长。古今诗篇浩繁,胜义纷呈,巨擘如林,何其壮观也!

《诗经》《离骚》誉为历代词章之源泉也。《诗经》乃诗歌之极品,诗教之巅峰,三千年骚人无不受其恩泽焉。屈原正道直行,竭忠尽智,遭谗蒙冤,故忧愁幽思而作《离骚》。其遗响伟辞,卓绝一世。屈原爱国忧民,堪称中国诗人之父,历代精英无不沐浴屈原精神欤!

先秦宋玉追慕屈原,时有出蓝之色,世人并称"屈宋"。尚有《九辩》《风赋》《高唐赋》《神女赋》《登徒子好色赋》十多篇,美艳传世哉!

汉魏六朝,诗风承前启后。名篇云涌,群彦迭出。西汉李陵,始著五言诗体,文风凄婉、哀伤、忧怨,真一代殊才也。张衡尤擅辞赋,名驰宇内,吟诗寄兴高远,遣词自妙,实东汉雄才矣。曹公父子，笃好斯文，尤以曹植奇伟，诗作辞藻堂皇，奇绝隽拔，独立超群，诚建安豪杰哉。陆机才高词赡，文体秀美，堪称太康英杰欤。陶潜之作，胸存忠义，心处闲逸，情真景真，事真意真，奉为田园诗先驱焉。谢灵运诗才高妙，名章迥句，处处间起，丽典新声，络绎奔会，世称元嘉雄杰者也。

唐诗极盛，万花纷呈，震古烁今，群星璀璨也。诗仙李白、诗圣杜甫、诗魔白居易、诗鬼李贺、诗豪刘禹锡、诗杰王勃、诗佛王维、诗狂贺知章、诗骨陈子昂、诗囚孟郊、诗奴贾岛之俦，各领风骚。芸芸骚客，翕然仰慕，何其伟哉！

词始于唐，衍于五代，彬彬之盛，大备于宋代矣。词者，诗之别体，有"诗余"之称耳。词苑姹紫嫣红，千姿百态，敢与唐诗争奇斗艳欤。词坛翘楚，当推李煜、冯延巳、晏殊、欧阳修、柳永、苏轼、黄庭坚、秦观、周邦彦、辛弃疾、姜夔、李清照诸家也。其才思高秀，雄浑苍茫，或豪迈，或婉约，高吟低唱，各鸣于时焉。奇章伟篇，趣味盎然，传诵千古者也。

曲者，词之变也。元代散曲源于金代"俗谣俚曲"，独具特色，遂成诗苑之奇葩矣。关汉卿、白朴、马致远、郑光祖诸公，实旷代奇才，有"元曲四大家"之誉哉！

综上所言，"凡一代有一代之文学：楚之骚、汉之赋、六代之骈语、唐之诗、宋之词、元之曲，皆所谓一代之文学，而后世莫能继焉者也。"此王国维名言，信矣！

思想性、艺术性，乃评价诗歌之标准。善诗者，反映现实生活，体现时代精神。歌颂"真、善、美"，鞭挞"假、恶、丑"矣。诗以意为主，意在笔先，立意要高。诗品出于人品。诗家须净化灵魂，陶冶情操，深入生活。陆游教子："汝果欲学诗，工夫在诗外。"一览古今诗篇，各有胜处。忧国忧民、敢爱敢恨之作，声若金石，闪耀千古也。

善诗者，艺术性隽秀矣。佳作须凝练、集中。工于炼意、炼句、炼字也。佳作须以情感人。先贤达人曰："诗之为道，从性情而出。"吟诗赋词，或豪放、婉约，或雄浑、悲壮，或平淡、苍古，或潇洒、质朴，无不寄托爱情、友情、乡情、爱国爱民之情也。佳作须形象思维。诗有三义焉："一曰兴，二曰比，三曰赋。"兴者，先言他物以引起所咏之词也。比者，以彼物比此物也。赋者，敷陈其事而直言之也。佳作须境界为本。欲情景交融，或寓情于景，或借景抒情；或寓理于境，或借境达理。有境界则自成高格，自有名句，故读其诗者，亦随之浮想联翩，有遗世独立之意趣也。

余雅好诗词，少承庭训。先父元白公，乃陕西师大中文系教授、著名语言学家，名播禹甸也。纵览先父诗词，气势磅礴，情景交融，寄意深远，文采华茂，音韵铿锵矣。先母知书善诗，勤俭持家。曾做奇梦：红日迎面徐降，满天通红眩目，竟然日坠腹中，惊骇不已梦醒哉。江湖术士称："'梦日'乃贵子吉兆欤！"次日午时，余诞生于陕西城固县江湾村（正值汉中兵工厂中午12点下班，汽笛骤鸣，远近皆闻），遂取乳名"阳哥"，以志此梦也。先母尝寄厚望，然兄弟姐妹八人，唯余愚钝，难成大器。所幸尚能秉烛锥股，略知诗词之道，闲暇吟咏自娱耳。

余尝作《回文诗·春景》哗众，该诗既可顺读，亦可倒读。传入海峡彼岸，褒奖有加耳。孙文先先生（台湾九章出版社社长）推崇备至，誉为"人间不可多得的好诗"。古今擅作回文诗者寥寥无几，余德浅才疏，有此佳评，受之有愧，惶恐不安也。《红楼梦》乃古典名著。贾宝玉、林黛玉、薛宝钗、史湘云之伦，皆擅诗词，意境超逸，琢句工丽哉。余择其40首，悉数对应仿写。诸友爱不释手，争相传抄，以为尚可与原诗鱼目混珠焉。花甲之年，翻检旧稿，平生所作，仅存三百余首，散佚颇多矣。选辑付梓，名之曰《琴剑诗词》，盖取琴心剑胆之意也。

今逢盛世，中华崛起，丝路重启，举国筑梦，五洲共钦焉。雅士赋诗之风渐盛，佳篇巨帙迭出。其思想敏锐，笔锋犀利，瑰丽奇肆，颂善刺恶，纷呈万花斗艳之繁荣景观也。独余不才，沉浮于世，目睹重振诗国雄风之潮流，深受鼓舞，见贤思齐。尝应邀于西北工业大学诸校，举办诗词格律讲座"重振诗国雄风"，反响热烈，竟出乎意料矣。

长子高大力，供职于西北工业大学，亦好诗词，披读《琴剑诗词》，叹服之，溢美之，惋惜拙著声闻不彰，流布不广，欲慷慨解囊正式出版也。念其孝心虔诚，余勉强应允矣。今将《重振诗国雄风》一文殿于书末。拙著实为山间野花，难登诗苑大雅之堂焉。其中难免疏漏、阙谬，尚祈读者匡正，不胜感荷！

余年近八秩，终日孤芳自赏。恰值出版之际，兴奋不已，赋诗一首，聊以自遣耳：

琴心剑胆咏中华，壮志今酬谢万家。
更喜九州诗竞秀，金声玉振耀天涯。

二〇一九年秋七十八叟高振儒序于西安

原　序

余祖籍陕西米脂，生于城固，寓居西安。出身书香门第，而无儒雅之风。虚度六十春秋，每忆先辈风范，景仰不已。

庆公（高庆，原名福十一，字庆，又字彦庆，安徽合肥人氏，以字行）乃米脂高姓始祖，"性慷慨，有侠士风"。县志记载："元祚至顺帝，朝纲不振，草泽横行，江淮汝汉之间，几无宁土。朱元璋、陈友谅、张士诚三人为魁。其余之纷纷起义者，几于蜂屯蜟（猬）集。合肥则有吴复、叶升与张德胜诸人，先后归附元璋，均成佐命之功，彦庆独流离北迁，避地至千里之外"，居米脂城北高家山，据寨自守，归附者数万人。与元将察汗脑儿、巴颜帖木耳交兵，直抵黄河，"为一世之雄也"。洪武九年（1376年）率部归顺大明，功封世袭殿前指挥使（正三品）。

先曾祖桂生公（高树荣，字桂生），乃陕西乡贤，入乡贤祠。光绪辛卯解元（第一名举人），"为文博大精深"，儒士奉为范文，"全陕文风为之一变"。光绪三年陕西大旱，桂生公筹办邑

1

赈。灾后瘟疫盛行，"传方施药，全活甚多"。光绪二十七年又遭旱灾，巡抚命公督办陕北二十三县赈务，"收效亦宏"。巡抚奖励知县一职，公淡漠仕途，坚辞不就，遂设帐授徒。主定阳书院讲席，掌凤翔书院，主讲榆林中学堂。尝劝时人："毋挟贤，毋挟贵，有官当如无官时。"遗著有《圣学困勉记》《经世刍言》《机器说》《算理论》《医学要录》等。《陕西省通志》载遗诗一首：

> 韶光三月寒垣回，陌上风清拂面来。
>
> 久慕兰亭高会乐，欣逢萧寺盛筵开。
>
> 紫菱图就留人醉，红杏诗成被客催。
>
> 一曲阳春谁和得，咏归缓缓步苍苔。

先祖父又宜公（高祖宪，字又宜），光绪壬寅举人，尝任宏道高等学堂教习。创办绥德中学堂，任监督（校长）。东渡日本考察政治与实业，创办《秦陇报》，鼓动反清。入同盟会，追随中山先生，策动陕西起义，为辛亥勋臣。起义之初，清军反扑，潼关失守，西安危在旦夕。众头领拟退据商洛龙驹寨（今丹凤）。又宜公力排众议，主张据守华阴，并筹措军饷。潼关三失三得，局势终于转危为安。这一功绩载入《陕西省通志》及《米脂县志》。又宜公荣获两枚嘉禾勋章，先后任陕西都督府秘书长、关中道观察使、关中道尹等职。袁贼窃国，又宜公愤然辞职，专心治史。遗著有

《嘉乐堂诗文稿》。

先父元白公（高崇信，字元白，以字行），乃陕西师大中文系教授、著名教育家、语言学家和社会活动家，蜚声国内外。著作等身，有《新诗韵十道辙儿》《汉语音韵学要略》《庄子研究》等二十多部。先父赋诗甚多，严谨卓绝，隽迈清新，意境深邃，而无斧凿之痕。后散佚颇多。余恭录二首，可见一斑。

朝鲜黄海道西海岸即景

黄海绿无遮，飞鸥点点斜，
开怀迎曙色，放眼到天涯，
水拍朝鲜岸，波回禹甸家，
友情连两国，景物自光华。

落花诗

千红万紫斗芳菲，摇曳东风落翠微。
馥郁云霞拂高髻，缤纷烟雨洒征衣。
愿为锦绣铺中土，更振灵魂卫大旂。
化作颓泥终不悔，来年烂熳映朝晖。

先母冯畹兰夫人操持家务，亦善诗词。1930年，先父保送升入北京师大。先母在折扇题诗相赠，勉励之情殷殷。诗云：

折扇诗

爱国利天下，效力为人民。

事物常变化，是非求其真。

读书须勤奋，忠恕以待人。

学海无涯岸，才华忌自矜。

虚荣排胸外，自强乃有神。

俚辞书折扇，持以赠夫君。

余酷好诗词，秉承家学。幼居西安，髫龄入学，秉烛锥股，偶尔赋诗哗众。弱冠专治数学。怀古思今、触景吟哦之作，学友竞相传抄。大学毕业，始游晋南。设帐授徒，潜心研习"数学史"，略有建树，两次荣获省级优秀学术论文奖。闲暇吟诗填词，陶冶情操。叶落长安，已逾不惑之年。舌耕之余，笔耕不辍。斗转星移，饱经沧桑。嗟夫！江河滚滚，争为击楫之行。宦海滔滔，难为收帆之客。未及花甲，退休家居，寄情山水，吟咏自娱耳。

余自幼愚钝，未成大器。习作诗词凡六百余阕，虽浅白如话，不事藻饰，然皆出自胸臆之言也。今岁花甲初度，银丝丛生。翻检旧稿，仅存三百余阕，散佚良多矣。芜词俚句，敝帚自珍，选辑付梓，名之曰《琴剑诗词》，盖取琴心剑胆之意也。铁锈之呵，固所难免，意在"嘤其鸣矣，求其友声"。

环顾国内，工诗善词者，鹤发居多，少壮甚寡。硕彦惊叹："吟坛后继乏人也！"杨叔子院士高瞻远瞩，力主"让中华诗词大步走进大学校园"。学者疾呼："从小学起就进行诗词教育。"凡此宏论，功在当代，利及千秋。寰宇诗友为之雀跃。高邮市某小学赋诗数千首，此乃重振诗国雄风之希望也！

拙集雕版在即，感慨万千，遂赋一诗：

　　千里萍飘两鬓斑，潜心吟咏已痴顽。

　　芜词俚句终雕版，为博方家一破颜。

　　　　　　　　　　　　　　　高振儒

目 录

琴剑诗词

春景

穹苍恋燕百回眸，飒飒风鸣笛曲柔。

丛草拥花迎俏蝶，群蜂弄叶逗娇鸠。

红霞晚照千山峙，绿水细窥双鹭游。

枫慕亭坛花伴柳，中湖戏桨荡轻舟。

1958 年 4 月

【说明】

回文诗可以顺读，也可以如下倒读：

舟轻荡桨戏湖中，柳伴花坛亭慕枫。

游鹭双窥细水绿，峙山千照晚霞红。

鸠娇逗叶弄蜂群，蝶俏迎花拥草丛。

柔曲笛鸣风飒飒，眸回百燕恋苍穹。

满江红

抒怀

莽莽昆仑，摩天处、横眉吟啸。弹长铗、吴钩如
雪，气吞苍昊。舞剑饥餐吸血鬼，鸣琴欣咏耕田佬。

度一生、海燕击长空，迎风暴。

忆屈子，《离骚》耀；怀文相，丹心照。浪淘沙尽览、杰雄风貌。魂魄化为精卫鸟，血花凝作红心草。喜今朝、赤县步大同，齐欢笑。

1958 年 7 月

【注释】

① 苍昊（hào）：苍天。昊：天。

② 屈子：即屈原。

③ 文相：指文天祥（1236—1283），曾任南宋右丞相。

④ 精卫鸟：传说炎帝的小女，名女娃。游东海而溺死，化为精卫鸟，常衔西山之木石，以填于东海。在这里，精卫鸟比喻勤勤恳恳干伟大事业的人。

⑤ 大同：古代把天下为公、没有阶级、人人平等自由的社会称为大同。今人常常借指共产主义社会。

七律

赏荷

菱塘短棹画中游，慈馥盈盈起白鸥。
绿伞伏波恒冷漠，红裳出水总娇羞。
簪花映水杨妃醉，祭洛思甄子建愁。
渔笛一声惊妙绪，斜阳已坠且回眸。

1959 年 8 月

【注释】

① 棹（zhào）：划船的木桨。短棹，借指船。

② "祭洛"句：传说三国时期甄逸与曹植（字子建）有恋

情，后来曹丕娶之，又被郭后谗死。曹植感伤悲泣，途经洛水时作《感甄赋》，即《洛神赋》。

七绝

西施

名花倾国总伤神，可笑东施窃效颦。
侍奉吴王心在越，轻舟遁入五湖滨。

1960 年 3 月

【注释】

① 五湖：太湖。传说越国灭吴国后，西施与范蠡驾扁舟偕入五湖。

七律

赠唐光华兄

啖梅煮酒气如虹，携侣郊游岭郁葱。
雁塔魂邀秦殿月，荷塘香度曲江风。
敲诗言志情尤烈，击鼓传花兴未穷。
展卷逸吟称绝妙，骚坛新秀数君雄。

1961 年 7 月

满江红

凭吊岳飞

朔骑睽睽，靖康后、烽烟未歇。破拐马、时危力挽，民膺激烈。鹤唳风惊戎首梦，马嘶鞭指黄龙月。奉金牌、洒泪忍班师，心悲切。

三字狱，终昭雪；万民恨，难平灭。喜今朝禹甸，界河无缺。千载英名垂竹帛，一抔黄土埋躯血。且招魂、日暮雨凄凄，朝陵阙。

1961 年 8 月

【注释】

① 朔骑：北方的骑兵，借指金兵。朔：北方。

② 唳（lì）：鸟鸣。

③ 戎首：战争的主谋，发动战争的人。军队主帅。这里指金兀术。

④ 三字狱：指强加给岳飞的"莫须有"罪名。

⑤ 禹甸：指中国。

⑥ 竹帛：指史册。

⑦ 抔（póu）：用手捧东西。一抔黄土，指一小堆黄土，即坟丘。

⑧ 陵阙：墓道外所立的石牌坊。

七绝

咏菊

浥露侵衣素月斜，东篱魂魄漫天涯。

仙姿雅韵心孤傲，力挽残秋赖此花。

1961 年 11 月

【注释】

① 浥（yì）：湿润。

七律

咏松

风掠银花蜡象眠，云低气变乍萧然。
冰凝石裂涛声断，韵驻根蟠铁骨悬。
雁去草衰余野岭，春来柳绿换新天。
玉龙不改松苍色，留取冰心看大千。

1962 年 12 月

七律

春

弱柳娇娇理鬓丝，幽柔嫩草比风姿。
蜂鸣蝶舞红樱苑，鸭泳鱼游碧浪池。
天幕蔚蓝银燕掠，梯田翠绿铁牛驰。
车龙宛宛歌声脆，赤县风光分外奇。

1963 年 3 月

五律

种花

小园春自在，馥郁醉千家。

无意漫栽柳，有心常种花。

开沟渠水冷，锄草月钩斜。

点缀东篱畔，争夸景色佳。

1964 年

七绝

春憾

莺声催晓入帘栊，庭院群芳更晕红。

未睹牡丹成憾事，凭栏无语对东风。

1965 年 4 月

七绝

游颐和园

虹桥亭阁泛湖光，心有秋潮对夕阳。

忍看青波千棹过，一瓢湖水几沧桑。

1966 年 10 月

七律

兰州

鸟瞰金城飞瀑泻，铁桥横卧泛轻舟。

钟鸣萧寺山崖静，塔耸风林竹径幽。

亭榭醉吟云叠嶂，沙滩嬉戏雁悲秋。

黄河九曲情无限，丝路犹怀定远侯。

1966 年 11 月

【注释】

①定远侯：即班超，东汉外交家、军事家。在西域 31 年，任西域都护。

七绝

纪念白求恩

独钟延水最情痴，妙手回春举燧时。

逐虏垂成先驾鹤，神州处处赞丰碑。

1966 年 11 月

【注释】

①驾鹤：骑鹤，指死亡。道士安坐而死称为骑鹤化。

七古

黄河

黄涛九曲竟脱缰，浊浪排空啸大荒。

007

魂惊天堑分秦晋，直奔龙门泻重洋。
却看峡谷兴电站，自古河套富农桑。
文明胜迹今犹在，国泰民安忆禹王。

1966 年 11 月

七律

凭吊李自成

气吞寰宇狂飙怒，鞭指京畿万马奔。
济世神州黎庶服，横刀龙殿闯王尊。
英雄痛洒山河泪，野岭悲吟壮士魂。
青史垂名终抱恨，古今硕彦漫评论。

1966 年 11 月

满江红

凭吊圆明园

御苑夷焚，湖波怒、鸟啼声咽。画桥断、柳衰池畔，琼楼泯灭。滚滚香尘弥古道，匆匆庸帝悲残月。雨潇潇、大地满疮痍，丹心裂。

赤龙跃，奇耻雪；雄关固，洪炉烈。看东风曼舞、万花飞蝶。玉宇阴霾抨帝虏，神州锦绣思先哲。且徘徊、陈迹诉前朝，情凄切。

1966 年 12 月 5 日

① 帝虏：帝国主义列强。

② 先哲：已经去世的有才德的思想家。

七古

惜春

翠岭残春惜已迟，凄凉寸心有谁知？
飞絮无奈随逝水，潇潇红雨尽入诗。

1967 年 4 月

五绝

送春

水碧鱼相戏，烟林翠鸟啼。
繁花终一览，独饮醉如泥。

1967 年 4 月

七绝

怨春

满园芳草怨春迟，燕舞蜂喧竟莫知。
惟独杏花关不住，墙头偷放两三枝。

1967 年 4 月

五古

初晴

朝阳欲出山，云霞织岭南。
流莺绕古树，桃花映碧潭。
平湖波涛壮，红雨迷晓岚。
仰天一长啸，痴情已醉酣。

1967 年 4 月

七古

无题

高唱壮歌颂九州，振兴中华热血流。
儒林墨海广无际，吟诗舞剑乐悠悠。

1967 年 4 月

七绝

杜甫草堂

翠竹千竿簇草堂，小桥溪畔咏瑶章。
秋风破屋怜寒士，盛世安居共举觞。

1967 年 4 月

七绝

曹植

千载风流绝妙词，甄妃终古怨陈思，
燃萁煮豆相煎急，独酌悲吟梦境诗。

1967 年 5 月

【注释】

① 陈思：陈思王，即曹植（192—232），字子建。死后谥思。因封陈王，故世称陈思王。

七绝

初夏园中即景

青山苍霭绿盈窗，红雨潇潇蝶亦狂。
不忍春归空寂寞，榴花争艳枣花香。

1967 年 5 月

五古

戏咏腊梅

冯宅腊梅开，淑女望瑶台。
郁香飘墙外，君似花神来。

1968 年 2 月

行香子

伤别

　　浅草平沙，袅袅烟霞。尽开怀、莫负韶华。长亭伤别，眼底寒笳。赠一樽酒，一束柳，一枝花。

　　霭散云退，挥泪驰骅①。望江山、鞭指天涯。明朝建业，喜讯争哗。是一黄莺，一紫燕，一乌鸦。

1968 年 3 月 24 日

【说明】

　　陕西师大六六届毕业生于 1967 年秋进行毕业分配。毕业生从 1967 年冬至 1968 年春陆续离校赴任。离别时伤感万千。

【注释】

　　① 骅（huá）：骅骝，指赤色骏马。

醉太平

别离

　　雨晴鸟啼，柳垂絮飞。金卮频举骢嘶，又催人离别。云山皱眉，寸心易衰。乱麻愁绪千丝，唯当空月知。

1968 年 4 月 15 日

七绝

折柳

　　古道葱茏柳絮飞，枝条娇媚万丝垂。

长亭送别人无语，折柳低眉赋一诗。

1968 年 4 月 20 日

醉太平

送别学友

竹摇雨斜，孤烟暮鸦。卧听阵阵琵琶，更愁云半遮。
短亭献茶，长亭赠花。心随海角天涯，弹凄凄古筘。

1968 年 4 月 28 日

菩萨蛮

送别

雨丝侵晓花含泪，情怀千种难同醉。惟有笛相
知，声声劝玉卮。

离情随绿草，撒遍阳关道。翠柳絮高飞，常思征
雁归。

1968 年 5 月

【说明】

在前阕和后阕的最后一句"| — — | —"，它的第一字可
平，第三字可仄，但是不能犯孤平。这就是说，若第三字用仄
声，则第一字必须用平声。这样，句式为"— — | | —"。

蝶恋花

离愁

灞柳满堤千万缕。不绾春光，却绾离情住。紫燕
高飞天已暮，空余野岭天涯路。

一抹云霞琴寄语。往事堪嗟，他日擎天柱。流水
无情催舫渡，今生再聚知何处？

1968 年 5 月

浣溪沙

天涯

汾水蜿蜒韵味长，松枝塔影酿愁痕。一声紫燕又
黄昏。

琼草丛生难入梦，桃花纷谢易销魂。天涯谁念未
归人？

1968 年 5 月

五古

娘子关

战尘满中原，震惊晋阳宫。
公主竖绣旗，关隘万夫雄。
闺阁论兵法，美人挽雕弓。

英姿践敌阵，此关名自崇。

1968 年 5 月

【注释】

①娘子关：原名苇泽关，在山西省平定县东北。唐太宗之妹平阳公主统领娘子军驻此设防，故名。

②晋阳：县名。隋开皇十年改为太原县。故城在今山西省太原市。

苏幕遮

临汾偶逢学友刘延林

喜相逢，情万绪。俱是飘蓬，总把家乡叙。横扫残云华夏舞。煮酒尝梅，竟入英雄谱。

倚栏干，心最苦。夜夜离歌，又沐潇潇雨。只见桥边铺柳絮。再约相逢，哪是相逢处？

1968 年 5 月

七绝

步杜牧原韵

雷鸣暮色霭缤纷，崖峭沟深欲断魂。
寻觅草堂施绛帐，樵夫笑指上桑村。

1968 年 6 月

【注释】

① 绛帐：深红色的帐子。东汉学者马融讲学时使用绛帐。后人用绛帐借指讲坛或教师。

② 上桑村：即山西省永和县上桑壁村。

浣溪沙

山行

细雨烟蒙落枣花，重重野岭路横斜。林深狗吠有人家。

水冷扶筇蹚涧浪，心焦迷路辨枝丫。一生不怕走天涯。

1968 年 6 月

【注释】

① 筇（qióng）：古书上说的一种竹子，可以做手杖。

荷叶杯第三体

雨夜

羁旅三更听雨，凄楚。塞雁在何方？砚池残墨沁幽香，愁绪满词章。

落叶萧萧风冷，悲哽。残梦忆归艎。凭栏独饮也凄凉，何况在他乡。

1968 年 9 月

【注释】

① 羁（jī）旅：长久寄居他乡。

② 萧萧：象声词，形容风声。

③ 艎（huáng）：大船。

七绝

无题

蝉鸣蛙噪柳含烟，一望平芜别有天。

虽说江南无限好，偏来此地做神仙。

1968 年 9 月

醉太平

中秋

寒烟画楼，云山境幽。长堤衰柳摇秋，正西风送鸥。

月魂且留，嫦娥醉眸。一年一度中秋，又弦歌九州。

1968 年 10 月

七绝

读《桃花扇》感赋

血染桃花实可哀，秦淮曲径满苍苔。

南明多少兴亡恨？恰似香君泪涌来。

1968 年 10 月

一剪梅

送别

征雁横空共寂寥，灞柳摇摇，残叶萧萧。黄花无语更魂销，嗟叹今宵，难度今宵。

澹月微星闻玉箫，云路迢迢，音讯遥遥。纵然有梦寄江涛，无奈思潮，不见回潮。

1968 年 10 月

【注释】

① 寂寥（jì liáo）：沉静，旷远。

② 澹（dàn）：安静。

鹧鸪天

雪景

岭上梅枝不觉寒，武陵曲径有仙源。红旗猎猎铺三晋，鹤羽飘摇下九天。

苗入梦，玉为田。迎风伫看赋诗篇，远林霁景琼枝舞，桑壁师生俱笑颜。

1969 年 2 月

① 猎猎：风声，也指风吹动旌旗的声音。

② 鹤羽：鹤的羽毛，比喻大雪。

③ 伫（zhù）：长时间站着。

④ 霁（jì）：雨、雪停止，天放晴。

一剪梅

思乡

曲径通幽林寂寥，韵在梅梢，春在梅梢。故乡一别梦归桡，山也迢迢，水也迢迢。

烟霭清寒笼石桥，风也潇潇，雨也潇潇。三千驿路雁声销，无奈吹箫，夜夜吹箫。

1969 年 2 月

【注释】

① 寂寥（liáo）：寂静，空旷。

② 桡（ráo）：木桨。

③ 潇潇：风雨急骤的样子。

七律

桑壁抒怀

擎天玉柱尽葱茏，磅礴云涛几万重。
犊卧马嘶听玉笛，莺啼燕舞缀云峰。
桥横溪润通幽径，雨润梯田展俏容。
女织男耕禽满圈，桃源竟在此山中。

1969 年 3 月

七绝

桑壁镇春耕

一犁烟雨万家春，布谷催人倍苦辛。
东帝偏怜桑壁镇，桃源福地不忧贫。

1969 年 4 月

【注释】

①桑壁镇：在山西省永和县。自古以来村民自给自足，有世外桃源之称。

②一犁烟雨：一犁雨，春雨。雨量相当于一犁入土的深度。

③东帝：春神。

一剪梅

游石门山

攀越山梁过小溪，杏苑莺啼，柳陌鸡啼。蜂鸣蝶引路迢迢，才过村西，又到桥西。

玉洞瑶峰烟雾迷，采药峦西，魂断崖西。石门六月岫冰寒，香客惊奇，墨客惊奇。

1969 年 6 月

【注释】

①石门山：即双锁山，在山西省永和县。

②岫（xiù）：山洞。

七绝

老妪赠瓜

白云深处两三家，杏浅桃红石径斜。
一语乡音尊上客，临行老妪赠南瓜。

1970 年 4 月

调笑令

风雨

风雨，风雨，帘外萧萧冷语。惹得离绪凄凄，犬
吠疏星梦归。归梦，归梦，残夜虫鸣相送。

1970 年 9 月

七绝

山村晚景

峭径苍烟绕翠峦，山衔落日逆风寒。
牧童柳下吹横笛，惊起昏鸦掠野滩。

1971 年 6 月

五律

枯叶

枯叶飘归路，闲听急涧湍。

青灯知客瘦，野菊伴霜残。
鸟宿云林静，风侵锦袂单。
故乡今夜月，可比此间寒？

1971 年 10 月

【注释】

① 湍（tuān）：水流急速。急流的水。

② 青灯：即油灯。

③ 锦袂（mèi）：借指衣裳。袂：衣袖。

六言诗

破晓

破晓流霞一抹，莺鸣三声两声。
柳外牧童横笛，遥望沃野春耕。

1972 年 4 月

【注释】

① 流霞：飘动的红色云彩。

七古

延安宝塔山

一剑耸立白云间，曾似灯塔照人寰。
延水淘沙青山在，乘兴登临尽笑颜。

1972 年 4 月

好事近

风筝

驾雾入烟云，一览故乡春色。欲往桂宫怀旧，怕东风无力。

纤纤银线总羁牵，心迹却藏匿。偏是断魂天半，有苍鹰窥得。

1972 年 4 月

【注释】

① 桂宫：神话传说月中有桂树，因此用桂宫作为月的代称。

② 天半：高空，如在半天之上。

③ 羁（jī）：束缚，拘束。

七律

过无定河

山城千载烽烟笼，古渡寻踪吊杰雄。
匡世闯王移九鼎，济贫高庆御元戎。
李绅献策垂《毛选》，杜叟运筹擒蒋公。
淘尽流沙东入海，依然两岸浪排空。

1972 年 7 月

【注释】

① 无定河：水名，流经陕西省米脂县，入黄河。

② 高庆：陕西省米脂县人，元末农民起义将领。

③ 李绅：指开明绅士李鼎铭，陕西省米脂县人。

④ 垂：留传。

⑤杜斐：指杜斌丞，陕西省米脂县人。在西安事变中，他是杨虎城身边的重要决策人物。1947年10月7日，被国民党反动派杀害。毛泽东为他撰写挽联："为人民而死，虽死犹生。"

七绝

山行

蜂蝶相随自不孤，攀登险径勿搀扶。
青山一览人皆醉，何不搬回做画图？

1973 年 3 月

五绝

春

弱柳飘轻絮，推窗满翠微。
牧童吹玉笛，梁燕斗高飞。

1973 年 3 月

七绝

史圣司马迁

浪涌龙门万古流，一支椽笔写春秋。

直言岂畏宫刑苦？无韵离骚傲九州。

1973 年 3 月

十六字令

踏青

听，几度流莺劝踏青。春风醉，结伴看红樱。

1973 年 3 月

长相思

春耕

左山青，右山青，一曲山歌芝水听。扬鞭牛快耕。
数星星，问星星，柳爱春风丝已青，何时布谷鸣？

1973 年 4 月

【注释】

① 芝水：水名，在山西省永和县境内。

② 布谷：鸟名，春天播种时鸣叫。相传布谷鸟为劝耕之鸟。

忆王孙

秋愁

疏疏杨柳不藏秋，红叶新霜一望收。两岸芦花无尽头。荡孤舟。万里烟霞万里愁。

1974 年 10 月

七绝

送别冉新权先生

万缕情怀乱寸衷，天涯惜别两心同。
侯门炫玉君清俭，人海知音数冉公。

1975 年 1 月

【注释】

①冉新权：陕西省商州市（今商州区）人，1967 年北京师范大学化学系毕业，先后任山西省永和县桑壁中学教师，西北大学教授、系主任，陕西省环保局副局长等职。

②寸衷：内心。

浣溪沙

送挚友冉新权先生归陕

憔悴西风落叶寒，残阳无语更凄然。不堪回首是离筵。
桃李成蹊胸若谷，杏坛点石法如仙。开门办学着先鞭。

1975 年 1 月

【注释】

①杏坛：传说孔子聚徒讲学处。这里指讲坛。

②点石：即"点石成金"。指点教化，开导领悟。

③开门办学：在教学中，为了使理论密切联系实际，采用"走出去"（师生深入工厂、农村，参加一定的生产劳动，向工人、农民学习）、"请进来"（请有经验的工人、农民进校讲课）的方法。

④着先鞭：领先一步。

渔歌子

荷塘

绿伞红衣锦绮乡，千姿古柳绕荷塘。风已醉，水含香，杨妃出水正梳妆。

1976 年 8 月

【注释】

①绮（qǐ）：有花纹或图案的丝织品。

如梦令

腊梅初吐

昨夜腊梅初吐，庭院幽香如雾。几欲驻梅魂，又恐春光难睹。无语，无语，转眼青梅无数。

1977 年 1 月

浣溪沙

水仙

　　冷艳幽芳溢室中，凌波玉盏立天葱。娉婷素蕊傲寒冬。

　　孤守冰心情脉脉，素怀神韵骨觥觥。一身清白有谁同。

1978 年 12 月

【注释】

　　① 觥觥（gōng）：刚直。

七律

惜别

　　古道蜿蜒铁轨眠，飞车阵啸驭秦川。
　　相依脉脉心潮激，互勉铮铮海誓坚。
　　翘首雄辞抨敌寇，低眉妙语论诗仙。
　　斜阳渐隐征人去，汽笛声悲泪眼穿。

1979 年 2 月 17 日

【注释】

　　① 敌寇：指骚扰我国边疆的外国军队。这时我国征召了一大批新兵。火车站随处可见军人及送行的亲属。

七律

思乡

极目黄河映旭辉，群峰对峙薄云微。
惜闻喜鹊栖枝笑，疑是征鸿带信归。
赴晋痴祈新友众，回眸慨叹故人稀。
十年桃李花争艳，壮志犹思展翼飞。

1979 年 3 月 30 日

七绝

咏竹

瘦影萧森插碧霄，经霜傲雪叶多娇。
一生素雅迎风啸，劲节虚怀不折腰。

1979 年 5 月 20 日

【注释】

① 萧森：错落耸立的样子。阴晦的样子。

七律

期待

海岛沉沉笼雾烟，渔歌晚唱浪滔天。
常思郑旅驱荷寇，不忘倭奴践主权。
日月潭波寒手足，中南海水暖心田。

何时一统千家乐，寄语鲲鹏两岸旋。

1979 年 6 月 19 日

【注释】

① 郑旅：郑成功的军队。

② 倭奴：日本。《新唐书》："日本，古倭奴也。……使者自言国近日所出，以为名。"

五律

园丁

困眼沐灯光，晨风理素装。

丹心镌黑板，白发落银霜。

苦口顽童愧，甘肴笨鸟翔。

暮年心更切，桃李正芬芳。

1979 年 6 月 26 日

【说明】

此诗为阎彬如女士而作。她是学友冯婕的母亲，西安市东仓巷小学教师，德高望重。

长相思

游兴庆宫公园

石径幽，曲径幽，弱柳轻垂绿水流。游人雨荡舟。

水悠悠，兴悠悠，妆扮神州志未酬。乘风争上游。

1979 年 7 月 20 日

七绝

咏兰

深山幽谷迹难寻，九畹天香值万金。
摇曳清姿频入画，古今墨客颂冰心。

1979 年 7 月 25 日

【注释】

① 畹（wǎn）：古代称 30 亩为一畹。

② 冰心：心地清明纯洁、表里如一。

诉衷情

梨

春花素白嫩枝柔，蜂恋蕊丝羞。残花不忍凋落，风拂果儿稠。

肌若雪，面如绸，郁香留。远山金灿，阵阵秋歌，喜庆丰收。

1979 年 10 月 5 日

七律二首

怀念周总理

（一）

遥望巴黎火炬明，浦江怒吼九州惊。

南昌夜幕鸣枪弹，遵义朝阳赖杰英。

兵谏骊山驰汉苑，辞抨虎穴撼渝城。

宏谋辅佐追穷寇，建国呕心颂伟名。

（二）

星陨神州泪雨斜，魂凝沃土绽银花。

一身正气惊寰宇，两袖清风效国家。

鬼蜮成灾弥海角，狂飙伏怪战天涯。

军民踊跃长征路，告慰忠魂舞彩霞。

1980 年 1 月 8 日

虞美人

咏梅

朱颜淡抹弥香雾，玉臂银纱护，骨坚志雅俏东风，瑶剑寒光趣映舞霓虹。

微舒纤手知春早，柳悟催茸草。群芳斗艳蝶纷飞，惟见青梅笑语隐蔷薇。

1980 年 2 月

七律

怀念刘少奇主席

无情史册伟名留，学运英才为国忧。
播火安源怀赤胆，挥师苏皖显奇谋。
躬耕建党书"三论"，俯首为牛步九州。
鬼蜮谗言囚洁体，沉冤昭雪万民讴。

1980 年 5 月 17 日

【说明】
1980 年 5 月 17 日党中央为刘少奇主席举行追悼会。

【注释】
① 三论：指刘少奇的三部著作——《论共产党员的修养》
《论党》和《论党内斗争》。

七绝

中秋夜思

琴寒曲旧诉悲欢，剑舞秋风刃未残。
夜月高悬知我意，思魂邈邈过重峦。

1980 年 9 月 23 日

五古

闲居

岩花自开落，采药碧苔歇。
朝锄锁山云，晚钓芝水月。

1980 年 9 月 25 日

① 锁山：指双锁山，又名石门山，在山西省永和县境内。

② 芝水：水名，即芝河，流经永和县。

七古

赠李小丽

李杜文采清照仪，小城春风曼舞猗。

丽日纵马志千里，君曜银光万家僖。

1980 年 9 月 27 日

【注释】

① 李小丽：山西省永和县电影放映员，擅长文学。其父
为县委书记李平。

② 猗（yī）：助词，相当于"啊""兮"。

③ 僖（xī）：快乐。

鹧鸪天

断藕

断藕萦心垂泪时，银河耿耿有谁知？丝丝岸柳弥
幽恨，寸寸柔肠皆有诗。

心最苦，数情痴。天涯何处寄相思？江河水尽情
无尽，日月光移意未移。

1981 年 5 月 11 日

【说明】

此词为《中国古代数学家故事》(高振儒著)主人公而作。

七绝

登大雁塔

塔刺云岑伴紫藤，禅房梵籍忆高僧。

繁华一览心诚悦，驻足神驰月渐升。

1981 年 8 月 3 日

【注释】

① 云岑（cén）：像小山一样的云。岑：小而高的山。

② 禅（chán）房：僧徒居住的房屋，泛指寺院。

③ 梵（fàn）籍：佛经。

七绝

秋雨

古道弥烟抚古笳，残花欲咽坠泥沙。

遥歌一曲东归去，犹叹窗前薄命花。

1981 年 8 月 20 日

忆秦娥

步李白原韵

琴弦咽，长亭怅望空悲月。空悲月，蝉鸣暮色，古城长别。

秋风薄雾临佳节，荒郊野岭飞鸿绝。飞鸿绝，登高远眺，冷烟城阙。

1981 年 9 月

【说明】

此词为《中国古代数学家故事》（高振儒著）主人公而作。

七律

国庆抒怀

江山锦绣历兴亡，血沃中华映曙光。

拔却三山鸡噪月，擒降四怪凤朝阳。

油田万顷钢花艳，果树千行稻谷香。

《决议》论评多少事，神州载舞曲悠扬。

1981 年 10 月 1 日

【注释】

①决议：指 1981 年中共中央通过的《关于建国以来党的若干历史问题的决议》。

浣溪沙

暮雨

烟雨蒙蒙宵暮鸦，推窗翘首数飞花。不知孤燕落谁家？

岸柳空垂噙坠露，云郎独卧梦归槎，醒来依旧在天涯。

1982 年 4 月

【注释】

① 云郎：（像云一样）行踪不定的人、外出未归的人。

② 槎（chá）：木筏，借指船。

醉太平

怀乡步项廷纪原韵

柳边暮钟，池边蕙风。月华斜挂村东，是弯弯一弓。烛红酒红，山重水重。怀乡魂出帘栊，奈帆飘梦中。

1982 年 8 月 3 日

【注释】

① 月华：月亮，月光。

② 栊（lóng）：窗。

踏莎行

赏荷

　　风送天香，横波烟袅，魂牵寻梦眠芳草。莲塘绰约水中仙，亭亭玉立痴情扰。

　　柳翠莺鸣，蕊妍蝶绕，多情总被无情恼。熏风不识藕丝长，荷香依旧弥池沼。

1982 年 8 月 20 日

【说明】

此词为《中国古代数学家故事》(高振儒著)主人公而作。

【注释】

① 绰(chuò)约：形容女子姿态柔美的样子。

浣溪沙

访梅

　　无奈梅花太瘦寒，骑驴踏雪访孤山。天然秀色胜罗纨。

　　疏影冰魂如处士，朱痕玉骨似天仙。归来肠断竟狂颠。

1983 年 2 月

七律

游双锁山

芝河如练绕双山，一抹烟霞锁翠鬟。

叠岫苍松瞻盛世，悬崖故垒染苔斑。

微吟乘鹤青云上，浅酌移情绿水间。

野叟踏歌惊倦鸟，春梅怒绽惹欢颜。

1983 年 2 月

【注释】

① 练：白色的绢。

② 岫（xiù）：山。山洞。叠岫：山峦重叠。

一剪梅

咏梅

寂寞孤山欲探梅，风拂香梅，雪映寒梅。冰魂冷艳咏春梅，玉骨疏梅，陶醉娇梅。

春染柔姿三弄梅，情寄红梅，白发簪梅。花痴独酌惜残梅，对影邀梅，酒缺青梅。

1983 年 2 月

行香子

依蒋敦复原韵

月照虹桥，星伴琼箫。眺山林、倦鸟归巢。残花暗坠，柳絮纷飘。有望乡客，望乡亭，望乡窑。

梁燕声娇，庭院花妖。寄鱼书、千里人遥。烛光闪闪，心意摇摇。奈愁如烟，烟如梦，梦如潮。

1983 年 3 月 5 日

【说明】

按照词谱，前后阕的末两句为"— | |，| — —"，但是古代有些词人作了变通。例如，清代的尤侗。

七律

元代学者李冶

英才善算多磨难，愧恨钧州落北尘。
绿水虽低依自洁，朱门纵富不如贫。
愁闻官海飞流矢，闷看霓裳娱宠臣。
振笔草堂怀大志，青山野柏四时春。

1983 年 3 月 7 日

【说明】

此诗的颔联（第三、四句）是"半对半不对"。王力说："颔联的对仗本来就不像颈联那样严格，所以半对半不对也是比较常见的。"

【注释】

① 李冶：原名李治（1192—1279），字敬斋，号仁卿，真定栾城（今河北省石家庄市栾城区）人。金代词赋科进士，委任高陵县主簿。由于蒙古军进攻陕西，不能到任，改任钧州（今河南省禹县）知事。1232 年蒙古军攻占钧州，他弃官北上，在忻州、崞县、桐川等地隐居，著书立说，设帐授徒。他擅长诗词，常与元好问、张德辉唱和，号称"龙山三友"。李冶自幼擅长数学，是著名数学

家，与秦九韶、杨辉、朱世杰齐名。他们被誉为"宋元四大数学家"。忽必烈登极后，曾两次授李冶显职。他以老病为辞不受。

②振笔：挥笔疾书。振：摇动，挥动。

卜算子

明代数学家程大位

吴楚屡商游，遍访名师寓。踏破青山觅算经，着意批、删、注。

珠算业尤精，更喜开方喻。鹤发挥毫巨著成，四海皆倾慕。

1983年3月9日

【注释】

①程大位：字汝思（1533—1603），号宾渠，安徽省休宁县人。从20岁起，商游吴楚20余年，遍访名师；遇有数学典籍，便重金购置；研究数学废寝忘食。60岁时居住新安县，编著并出版了《算法统宗》17卷。该书内容丰富。他首先提出了开平方和开立方的珠算方法。此书曾流传到朝鲜和日本，并产生了重大影响。

②算经：数学著作。

鹧鸪天

青梅竹马

独上孤亭眺夕阳，残荷忍看藕丝长。香闺庭院今何处？犹记花丛倩影双。

　　情脉脉，泪千行，青梅竹马鬓成霜。红颜薄命多春梦，欲慰蛾眉先断肠。

1983 年 8 月 10 日

【说明】

此词为《中国古代数学家故事》（高振儒著）主人公而作。

【注释】

①蛾眉：女子长而美丽的眉毛，借指美人。

七古

观《仿唐乐舞》

宫闱弦歌啼春鹂，仕女捕蝉使人痴。
大唐雄风今犹在，情满长安月迟迟。

1983 年 8 月 20 日

七律

凭吊史阁部步刘大白原韵

万里烽烟泪暗流，喧嚣鼙鼓震扬州。
千秋汗竹终遗恨，半壁江山怎掩羞？
气节直追文信国，忠贞堪比武乡侯。
佞臣骄横民心乱，壮士空悲自断头。

1983 年 9 月

①史阁部：史可法（1601—1645），南明兵部尚书、大学士。清兵南下，他坚守扬州，城破被俘，不屈被杀。明代大学士入阁，称为阁臣。阁臣兼管部院，所以史可法被称为史阁部。

②文信国：文天祥（1236—1283）。南宋端宗即位时，被拜为右丞相，封为信国公。抗元被俘，英勇就义。

③武乡侯：诸葛亮，被封为武乡侯。

浪淘沙

山行

红叶满天涯，游兴偏佳。远山古寺半云遮。苍霭茫茫如幻境，深处人家。

携侣采奇葩，惊见啼鸦。峰回路转竞攀崖。岩岫森森终一览，斜照残霞。

1983 年 10 月 20 日

【注释】

①岫（xiù）：山洞。山。

七律八首

永和八景步古人韵

（一）灵液清波

云霞晚照绝纤埃，月映寒泉晓色开。

043

碧液无情波荡漾，黄鹂有意影徘徊。

沧桑阅尽溪流去，龙气潜幽福运来。

痛饮一瓯吹玉笛，却惊百鸟起蒿莱。

1984 年 6 月

【注释】

① 永和：县名，在山西省。

② 蒿莱（hāo lái）：野草，引申为荒地。

（二）双山霁雪

危峦对峙势岧峣，雾色晴岚雪未消。

玉洞迎风窥翠柏，瑶峰映日抹丹霄。

林中仰望云归岫，寺外斜瞻鸟聚桥。

喟叹冰崖多险境，忘疲纵目路非遥。

【注释】

① 双山：即双锁山，在山西省永和县境内。

② 霁（jì）雪：雪后转晴。霁色：雪（或雨）刚停，天空的颜色。

③ 岧峣（tiáo yáo）：形容山高。

④ 岚（lán）：山里的雾气。

⑤ 喟（kuì）叹：因感慨而叹气。

（三）兴化晨钟

野寺清幽一径斜，疏钟朝暮震天涯。

声投皓月召蟾兔，音绕繁星绽锦花。

纳子诵经超苦海，骚人驻足叹昏鸦。

山林寂静情无限，妙笔题诗咏物华。

【注释】

① 兴化：兴化寺，在永和县仙芝坊。金代明昌五年建。

② 纳子：僧人。

③ 物华：自然景色。

（四）南楼夕照

苍翠危峰接上台，蓬莱谪此画屏开。

山衔落日飞泉去，岭吐余晖倦雁来。

夕照雄关人俯瞰，霞侵古寺鸟低徊。

花香蝶媚迷松柏，远岫氤氲紫气堆。

【注释】

① 南楼：指南楼山，在永和县城南 60 里，与北楼山相对，其形如楼。

② 上台：星名，三台（上台、中台、下台）之一，属紫微垣，在大熊星座中。

③ 氤氲（yīn yūn）：烟云弥漫。

④ 紫气：祥瑞的光气。

（五）官庄送客

长亭芳草怨雕轮，歧路依依恋水滨。

啼鸟有情花溅泪，行云无语雨留人。

咨嗟杨柳催诗急，酬唱阳关举爵频。

此去天涯肠寸断，他年重聚更相亲。

【注释】

① 官庄：地名，在永和县城外。

② 雕轮：雕刻有花纹的车轮。这里借指车辆。

③ 阳关：古代关名，在今甘肃省敦煌市南。在此诗中，阳关指乐曲《阳关三叠》。

（六）芝河钓艇

激滟芝河绕郭流，波光逐浪欲吞舟。

霞催征雁天边去，月照行云眼底收。

柳陌牧童吹玉笛，芦湾渔叟戏沙鸥。

垂纶一任风涛骤，独酌酣眠古渡头。

【注释】

①芝河：水名，在永和县境内。

②激滟（liàn yàn）：水波相连的样子。

③垂纶（lún）：钓鱼。纶：钓鱼用的线。

（七）荷池晚眺

荷亭柳影拂栏干，满袖薰风一笑间。

碧水藏娇撑绿伞，红莲逗趣眺青山。

孤云伴月窥金鲤，百鸟鸣弦度玉关。

水榭纳凉尝紫苪，吟诗遣兴却忘还。

【注释】

①紫苪（dì）：莲子。

（八）乌龙翠柏

阁山翠柏不知年，傲视群峰欲刺天。

苍岭鸣涛惊密雪，乌龙驾雾瞰孤烟。

蟠柯挺秀环巅后，曲径通幽绕涧前。

鹤骨仙姿拥野刹，身临幻境更飘然。

【注释】

①乌龙：乌龙山，亦称阁山，在永和县城西南45里。巨柏参天，不可数计，山上有乌龙寺。传说北齐河清三年有乌龙出现。

② 蟠柯（pán kē）：弯曲的枝茎。

③ 鹤骨仙姿：形容柏树的清秀姿态。

七律

游翠华山

苍峰环抱彩云横，怪石林林瀑布惊。

冰洞垂凌奇凛冽，天池倒影更峥嵘。

翠华避世千人叹，汉武封禅万古评。

处处蝶飞花烂漫，游人不忍动离情。

1985 年 4 月 20 日

【注释】

① 翠华山：又名太乙山，在西安市南 40 多里外，是终南山的一个分支。传说陕西省泾阳县韩翠华抗婚，逃至此山，成为仙女，故此山改称翠华山。汉武帝曾在此山祭过太乙神。

② 林林：众多。

③ 凌：冰。

④ 封禅：帝王祭天地的典礼。

七古

观壶口瀑布

挣断缰锁窜泥龙，吐雾嗽玉映金秋。

声咤石裂撼禹甸，怒涛九曲一壶收。

1985 年 8 月

长相思

花影

左池塘，右池塘，最是销魂九曲廊。残阳花影长。

数鸳鸯，戏鸳鸯，并蒂荷花分外香。迎风花影双。

1985 年 8 月

五古

潼关

雄关剩故垒，铁马嘶夕阳。

在德不在险，秋风叹沧桑。

1985 年 8 月

七古

项羽

英雄长啸拔山力，难敌楚歌攻心威。

舞剑悲歌香魂去，怆然泪溅美人衣。

1985 年 8 月

西江月

赠日本友人铃木久男先生及户谷清一先生

水碧菊魂袭面，山青桂魄勾肠。人声鼎沸彩旗扬，却是人间盛况。

万代皆如手足，千年共耀珠光。程翁故里论华
章，友谊堪称绝唱。

1986 年 9 月

【说明】

1986 年 9 月在程大位的故乡安徽省屯溪市召开了"纪念
明代珠算家程大位逝世 380 周年学术论文讨论会"。日本友人
铃木久男先生和户谷清一先生参加了会议。

【注释】

① 桂魄：指月亮。

七律

祝贺"纪念明代珠算家程大位逝世 380 周年学术论文讨论会"胜利召开

枫红帜舞雁横空，聚首屯溪乍暖融。
妙论千言评《算法》，宏文万语议程翁。
欣闻电脑超仙术，更喜珠盘显智功。
瑰宝光辉充宇内，中秋絮语慰贤公。

1986 年 9 月

【注释】

① 算法：指程大位的著作《算法统宗》。
② "更喜"句：珠算具有开发智力的功能。

五古

赠日本友人板田先生

《统宗》结良谊，幸会程翁邸。
君言惊四座，珠坛新风启。
身躯隔两地，精神凝一体。
低眉各著文，抬头鸿雁抵。

1986 年 9 月

【注释】

① 统宗：指程大位的著作《算法统宗》。

采桑子

纪事

月斜风疾寒如许，老妪迷津，一路风尘，护送回家笑语温。

人生难得真情在，不是亲人，胜似亲人，"天下为公" 万古尊。

1986 年 10 月

【说明】

1986 年 10 月 11 日夜，我把迷路的 82 岁杨老太太送回家去。《铁路建设报》报导了此事。杨老太太的长子杨作卿先生来信，希望两家像亲戚一样往来。后来节假日往来频繁。

五古

凭吊杨虎城将军

横刀向清廷，锷刺天狼星。
虎将镇长安，三秦四时宁。
瓯残骊山怒，功镌兵谏亭。
血溅白公馆，丹心照汗青。

1987 年 4 月

七绝

樱花

阶前月影且低徊，漫品红樱绮思催。
醉卧花前邀玉蕊，心祈岁岁莫迟开。

1987 年 4 月

【说明】

古音"思"若为名词，读去声；"思"若为动词，读平声。所以这首诗是符合平仄规定的。

七绝

红樱

危楼梁燕总徘徊，蝶恋红樱戏粉腮。
阶下花痴吟一阕，翠阴深处胜蓬莱。

1987 年 4 月

七绝

杏花

风惹芳菲坠夕阳，胭脂淡抹杏描妆。

诗怀暗寄花痴醉，吟罢依然口齿香。

1987 年 4 月

七绝

咸阳

咸阳古渡夕阳斜，寻觅秦宫问酒家。

万世王朝皆一梦，满城春色半城花。

1987 年 4 月

七绝

惜春

疏钟远寺惜新晴，玉笛春残诉怨声。

惆怅斜阳红雨落，堤边细柳送黄莺。

1987 年 5 月

【注释】

① 惆怅（chóu chàng）：失意、伤感的样子。

② 红雨：红色的雨，比喻落花。

七绝

辋川踏青

辋川览胜画情奢，饱蘸胭脂染杏花。
偏爱右丞红萼句，醉吟不觉夕阳斜。

1987 年 5 月

【注释】

① 右丞：王维（701—760），唐朝诗人、画家。官至尚书右丞，故世称王右丞。晚年居陕西省蓝田县辋川别墅。

② 奢（shē，古音也读 shá）：过分。

七绝

陕西师大数学系校友雅集

同窗一别泪沾襟，重聚犹疑梦境深。
往事悠悠情切切，人间难得有知音。

1987 年 5 月

醉太平

咏荷

风高夜凉，星繁泽泱。芙蓉出水天香，是杨妃浴妆。
荷塘伞张，泥塘藕藏。超然玉洁无双，使骚人举觞。

1988 年 8 月

醉太平

荷塘

荷塘柳塘，花香稻香。花前曼舞飞觞，是多情楚狂。
村西画廊，村东绿杨。扁舟笛曲悠扬，是谁家女郎？

1989 年 6 月 30 日

【注释】

① 楚狂：陆通，楚国人。楚昭王政令无常，陆通披发佯
狂不仕，时人谓之楚狂。后人把楚狂作为狂士的通称。韩愈
（字退之）诗句：“花前醉倒歌者谁？楚狂小子韩退之。”

醉太平

山中小园

山中小园，园中小山。蜂鸣蝶逐花间，觅虹桥画船。
左池睡莲，右池玉莲。水帘飞溅寒烟，似蓬莱晓岚。

1990 年 8 月 14 日

醉太平

车过山庄

天高路长，柳柔果香。驱车飞掠山庄，露青峰一窗。
禅房草房，山乡水乡。数声玉笛悠扬，正秋风冷霜。

1990 年 9 月 24 日

七律

五十抒怀

风雨云萍五十秋，桑榆未晚乐悠悠。
吟梅咏雪诗千阕，戏水听莺迹九州。
欣慰天涯桃李艳，惊嗟宦海蠹虫稠。
回眸子孝家安泰，薄宴声喧月独幽。

1991 年 10 月 8 日

【注释】

① 桑榆：日暮，比喻晚年。

七古

观现代舞《红楼梦》有感

子规啼处香径斜，仙歌柔姿舞彩霞。
荣府怨女千古恨，今夜潇湘又赋花。

1992 年 4 月 28 日

【说明】

西安铁路工程职工大学学员费荣等二人自编、自导、自演
现代舞《红楼梦》。在校内联欢会演出，大获成功，掌声雷动，
经久不息。

鹊桥仙

送别九〇级毕业生

长廊披绿，假山吐雾，笑语欢歌无数。两秋磨杵

已成针，执牛耳、人皆倾慕。

残云横渡，愁眉紧锁，犹恨光阴难驻。马嘶无奈各扬镳，盼归雁、离情忍诉。

1992 年 7 月

清平乐

赠费荣同学

残云深处，征雁今何去？虽说园林多雅趣，雏凤终须振羽。

别情无语凄然，不堪回首离筵。可喜繁华依旧，九州争唱尧年。

1992 年 7 月

【注释】

①雏（chú）凤：幼凤，比喻有才华的子弟。这里指有才华的学生。

②振羽：奋飞。振：摇动，奋起。羽：借指翅膀。

五律

长城

峻岭皆腾涌，长城立霭中。
征云聆画角，战马啸悲风。
历代传烽燧，千军阻敌戎。

秦皇安雁塞，功绩耀苍穹。

1992 年 8 月

【注释】

① 霭（ǎi）：云气。

② 画角：古代军中吹的乐器。

七古

观海

开怀笑纳百川水，天公震怒起狂涛。
载舟覆舟千古训，劝君宦海慎逸遨。

1992 年 8 月

五绝

晚秋

倦鸟归林晚，斜晖映瀑寒。
半山枫叶染，两岸月琴弹。

1992 年 10 月

【注释】

① 月琴：乐器名。木制的琴身为扁圆形或八角形，有四根弦或三根弦。

五古

送别政工班毕业生

柳垂诉深情，依依拂琴弦。
春日恋桥涵，志雅翱蓝天。

1993 年 5 月 26 日

七古

雨

千缕雨丝连天地，树泣花咽诉故情。
衣湿眉敛望沧海，孤帆渺渺亦无声。

1993 年 5 月 28 日

【说明】

这首诗是根据一首英文诗而译成的。

七律

凭吊屈原

浊世行吟怒目嗔，匡时独醒一忠臣。
放歌《天问》惊寰宇，长啸《离骚》泣鬼神。
忧国忍闻秦暴戾，怀沙羞见楚湮沦。
榴红五月清波涌，吊古龙舟娱众宾。

1993 年 6 月 1 日

【注释】

① 暴戾（lì）：暴虐残酷。

② 怀沙：怀抱沙石自沉。

忆江南

送别顾照瑞先生

潇潇雨，点点叩心扉。放眼文坛花似锦，顾公健
笔润芳菲。惜别送君归。

1993 年 6 月 3 日

七绝

读《古愚集》有感

夕照烟波西岳秀，飘然一叟善操筹。
千山足迹千行字，夺目珠玑韵味留。

1993 年 6 月 4 日

【注释】

① 古愚集：顾照瑞的诗文集。顾照瑞是铁一局文联会员，
在华县某部门任会计师，时年 59 岁。

② 珠玑（jī）：珠子。比喻优美的文章或词句。玑：不圆的珠子。

七律

贺校庆十周年

含元创业赖群英，太白琼楼伴绿坪。

绛帐执鞭心更切，寒窗砺杵业尤精。

桥横怒浪凭梁栋，轨卧奇峰舞旆旌。

十载峥嵘缘改革，千枝桃李喜盈盈。

1993 年 7 月 3 日

【注释】

① 含元：指唐代大明宫含元殿遗址。西安铁路工程职工大学建校之初校址在含元殿遗址附近。

② 太白：指太白南路。后来西安铁路工程职工大学的校址在西安市太白南路。

③ 绛（jiàng）帐：红色的帐帷。借指师长或讲座。

④ 旆旌（pèi jīng）：旗帜。旆：古时候末端形状像燕尾的旗帜。旌：古代的一种旗帜，旗杆顶上用五色羽毛做装饰。

鹧鸪天

送别九一级毕业生

学海茫茫愁万千，残星伴读晓风怜。鳌头曼舞怀雄略，欲骋征途扬快鞭。

杯未举，已凄然，无言对视意犹传。回眸柳陌庭花艳，千里婵娟忆月圆。

1993 年 7 月 10 日

蝶恋花二首

中秋

（一）

汉苑秦宫凉露缀，斜挂冰轮，风冷仙云媚。曼舞霓裳素娥醉，柳眉愁切闲凭桂。

窃药飞天深懊悔。最怕弹筝，只有相思泪。旧梦难圆心易碎，低徊祈盼蟾宫坠。

（二）

月皎星疏烟袅袅。万户团圆，剩有离人恼。后羿凄然情未了，秋风吹散愁多少？

回首有穷蹊径绕。携手花丛，踏碎青山草。忍顾广寒音讯渺，奈何梦做鸳鸯鸟。

1993 年 9 月 12 日

【说明】

前后两阕的第四句为"①|⊖ — — ||"或"①|⊖ — |
— |"。

【注释】

① 冰轮：月亮。

② 素娥：嫦娥。

③ 凭桂：靠着桂树。相传月亮上有桂树。

④ 蟾宫：月宫，月亮。

⑤ 恼：烦闷，苦闷。

⑥ 有穷：部落名。夏朝东夷族首领后羿（yì），是有穷氏
部落长。传说其妻嫦娥窃药奔月。

七律

思亲

孤山乱石暮鸦瞑，曲径枯藤绕绿筠。
闲赋诗词抬望眼，精研算史趁芳辰。
镜中不忍窥银鬓，檐下犹祈落稚鹑。
倚遍栏干春会意，不逢佳节也思亲。

1994 年 4 月

太常引

春怀

絮飞无语碧栏干，杨柳晓风寒。梦醒泪偷弹。君
影邈、迢迢岭南。

重重桥隧，弯弯山径，筑路又三年，援笔寄华
笺。摇篮女、嫣然鼻鼾。

1994 年 5 月

【说明】

读王岗先生《清平乐·春怀》，遂唱和一阕。此词写筑路
工人的妻子思念远方的丈夫。

减字木兰花

庆贺《中国现代数学家传》(首卷)出版

畴人续《传》，寰宇垂青偿夙愿。几度风霜，磨

炼丹心志更刚。

金樽频举，难尽激情千万语。古砚微凹，次卷推敲润紫毫。

1994 年

【注释】

① 畴人：古代的历算家，借指数学家。

② 紫毫：紫色兔毛。用其制成的笔称为紫毫笔。

长相思

送别施工员班

展眉峰，敛眉峰，一别何时能再逢？金樽泪渐浓。
战险峰，恋险峰，敢教崇山飞铁龙。终生做杰雄。

1995 年 5 月 10 日

满江红

咏抗战

蛮雨瘴云，烽烟处、金瓯残缺。望故土、断垣焦壁，难民悲切。豫皖黄涛冤鬼哭，南京白骨阴风咽。挽乾坤、血肉筑长城，真如铁。

太行峻，频报捷；青纱帐，奇兵崛。撒天罗地网、敌顽魂慑。核弹烟尘驱幻梦，苏军铁甲惊宫阙。路艰难、八载逐倭奴，神州悦。

1995 年 7 月

七律

咏京九铁路

京九长龙越翠峦，三秋勋业兆民欢。

奋填万壑朝餐雪，力拔千山夜宿滩。

喟叹架桥偏浪激，伤嗟凿隧易身残。

如今南北春潮涌，赤县雄姿更壮观。

1995 年 11 月 16 日

【注释】

① 京九铁路：由北京至九龙的铁路，全长 2 533 公里，是我国纵贯南北的交通大动脉。1993 年 1 月开工，1995 年 11 月 15 日竣工，历时约 3 年。

七律

赠台湾友人孙文先先生

庭院西风遍地银，虬枝素裹已知春。

幽丛吐馥笙歌脆，寒舍思君玉爵频。

闲赋"回文"成挚友，欣瞻"百寿"视家珍。

山遥水远祈鳞翼，漫撷红梅寄故人。

1996 年 2 月 19 日

【注释】

① 孙文先：台湾九章出版社负责人。

② 回文：指我的《回文诗·春景》，曾将此诗赠予孙文先先生。

③ 百寿：指安徽著名金石篆刻家徐步云的作品《百寿图》，孙文先先生将《百寿图》赠予我。

④ 鳞翼：指鲤鱼和大雁。古代传说鲤鱼和大雁能传递书信。

⑤ 撷（xié）：摘取。

七律

祝贺陕西省第一次数学史年会召开

汉苑春风沐雅宾，畴人结社聚三秦。

精研算史析疑义，漫论瑶章探本真。

"祖率"千秋光禹甸，《九章》四海奉家珍。

弘扬国粹功无量，戮力同心捷报频。

1996 年 4 月 19 日

【注释】

① 本真：本原，根源，真理。

② 祖率：祖冲之算出圆周率 π=355/113，这一成果在世界领先 1 000 多年。日本数学史家提议将这一数值称为"祖率"。祖冲之进一步算得 3.141 592 6 ＜ π ＜ 3.141 592 7。在他之后，将近 1 000 年才有人打破他所保持的纪录。

③ 九章：即《九章算术》，大约成书于公元 1 世纪，是我国流传下来最早的数学著作。

④ 戮（lù）力同心：齐心合力。

踏莎行

送别九六级毕业生

往事悠悠，流芳难驻，长亭折柳尘如雾。离愁万缕竟无言，斜晖残照长安路。

似锦前程，宏图抱负，风雷雨电雏鹰翥。今朝握别再重逢，金卮祝捷豪情诉。

1996 年 6 月

【注释】

① 流芳：似水年华。

② 雏鹰翥（zhǔ）：幼鹰奋飞。比喻学生结业，奔赴前程。

行香子

缅怀白居易

商女琵琶，魂断琵琶。浔阳江、衰柳寒葭。骊宫赐浴，纤缟伤嗟。尽入名篇，传百代，唱天涯。

伊水平沙，松伴烟霞。韵犹存、司马风华。旗开乐府，情系农家。使骚人仰，权贵惧，众生夸。

1996 年 8 月

【注释】

① 白居易（772—846）：唐代诗人，字乐天，贞元十六年进士，曾任翰林学士、左拾遗、赞善大夫等职。曾被贬为江州司马，后来又任杭州刺史、苏州刺史、太子少傅、刑部尚书等职。晚年退居洛阳香山。

② 葭（jiā）：初生的芦苇。

③ 风华：风采和才华。

行香子

落花

蝶恋枝头，雀跃声啾。乱飞红、夕照东楼。花容仍媚，情蕴双眸。有几分娇，几分羞，几分愁。

春暮何忧？红雨堪讴。曾风流、妆扮神州。残葩荡漾，余韵淹留。任飞半天，坠山丘，落溪流。

1997 年 4 月 23 日

【说明】

按照词谱，前后阕的末两句为"— | |，| — —"，但是古代有些词人作了变通。

【注释】

① 淹留：滞留，停留。

行香子

香港回归

夷寇垂涎，耻约瓯残。叹零丁、啼血旗山。米幡骄横，义帜高悬。尽盼龙腾，思逐虏，梦归帆。

狮醒翩跹，九域尧天。颂希贤、良策荣颁。珠还合浦，举世欢颜。更南海醉，香岛舞，紫荆妍。

1997 年 7 月 1 日

①耻约瓯残：鸦片战争后签订了不平等的中英《南京条约》，把香港割让给英国。约：条约。瓯：金瓯，即国土。

②零丁：零丁洋，在广东珠江口。

③旗山：指扯旗山，在香港。

④米幡（fān）：指英国国旗。英国国旗是米字旗。幡：用竹竿挑起来直着挂的长条形旗子。

⑤义帜：义旗，起义的旗帜。

⑥九域：即九州，泛指全国。

⑦尧天：比喻太平盛世。

⑧希贤：即邓小平。邓希贤是其原名。

⑨珠还合浦：即合浦还珠。传说汉代合浦郡不产谷物，而海中出产珠宝。郡守极力搜刮珠宝，致使珍珠移往别处。后来孟尝任合浦太守，制止搜刮，革易前弊，珍珠复还。后来用合浦还珠比喻失而复得。合浦：汉代郡名，郡治在徐闻（今广东省雷州市）。一说郡治在今广西壮族自治区合浦县。

七律

半坡遗址

浐水粼粼理靓妆，半坡遗址历沧桑。
陶壶绚丽凝聪慧，石斧凌寒炫勇刚。
游猎孜孜禽满圈，躬耕碌碌粟盈仓。
母权至上村安泰，太古文明百世芳。

1997 年 7 月 26 日

【注释】

①半坡遗址：原始社会村落遗址，在西安市东郊半坡村。

② 浐（chǎn）水：即浐河，流经西安市东郊。

③ 潾潾（lín）：形容水明净。

④ 靓（liàng）：漂亮。

⑤ 炫（xuàn）：夸耀，显示。

醉花阴

七夕

　　淡月娟娟窥绣户，织女停机杼。对镜叹憔容，翠钿斜簪，心系银河渡。

　　百鹊相拥欢聚处，肠断离情诉。玉漏总无情，忍顾归途，更有嫦娥妒。

1997 年 8 月 9 日

【注释】

① 翠钿（diàn）：绿玉制的妇女头饰。

② 玉漏：玉制的计时器。

七律

赞孔繁森

　　奇雄雪域天寥廓，漫写春秋壮志吟。
　　足履冰峰驱苦难，情融牧帐暖民心。
　　幽怀雄略金仓满，乐育孤儿雅谊深。
　　尽瘁边城遗玉骨，芳标华夏共尊钦。

1997 年 8 月

① 寥廓（liáo kuò）：高远而空旷。

七律

黄陵

沮水萦环紫气崇，桥陵瑶殿傲苍穹。

挥师涿鹿蚩尤逐，修德荆蛮社稷隆。

力倡蚕桑终发达，亲栽松柏已葱茏。

炎黄一脉传千古，祭祖寻根四海同。

1997 年 9 月

【注释】

① 沮（jū）水：水名，源于陕西省黄陵县子午岭，流入漆水，汇入渭水。

② 桥陵：黄帝陵。相传黄帝葬于桥山，故称桥陵。桥山亦称子午岭，在陕西省黄陵县西北，有沮水穿山而过，因而子午岭称为桥山。

望海潮

中秋节遥望海峡彼岸

软风苍霭，飞星斜月，银河历览繁华。金粟溢香，琼楼耸立，长街络绎轻车。游子急还家。正鲈鱼味美，曼舞鸣笳。乘兴吟哦，凭高极目叹幽遐。

寒凝彼岸窗纱。奈哀鸿万点，久困平沙。离恨断肠，憔容寂寞，经年对月咨嗟。心绪乱如麻。愿金瓯再补，竞渡兰槎，举国欢筵，归宁月姊漫烹茶。

1997 年 9 月 12 日

【注释】

① 苍霭（ǎi）：青色的云气。霭：云气。

② 游子：离家在外或久居外乡的人。

③ 平沙：广漠的沙原。

④ 经年：年复一年。一年年。

⑤ 咨嗟（jiē）：嗟叹声。

⑥ 兰槎（chá）：用木兰做的木筏，借指船。

⑦ 归宁：回家省亲。多指女子回娘家。

⑧ 月姊：嫦娥。

如梦令

送别大专证书班

月季嫣红深处，残叶飘零无数。折柳送诸君，难觅他年归路。无语，无语，肠断频频偷觑。

1997 年 9 月 20 日

行香子

三峡工程大江截流成功

叠嶂层峦，峭壁飞湍，车辚辚、两岸声喧。山崩石裂，横锁龙咽。且歌如潮，旗似海，舞犹酣。

夏禹蹒跚，神女翩翩，叹丰功、今古奇观。逸仙方略，久梦终圆。喜船匆匆，灯灿灿，稻芊芊。

1997 年 11 月 8 日

【说明】

1997 年 11 月 8 日三峡工程大江截流成功。

【注释】

① 蹒跚（pán shān）：走路缓慢、摇摆的样子。

② 逸仙：孙文（1866—1925），字逸仙，号中山，是中国民主革命的先行者。

③ 芊芊（qiān）：茂盛。

七律

山海关怀古

群峰云雾锁雄关，故垒依稀辨血斑。
秦帝筑城安禹甸，唐宗拓域过燕山。
徐公威镇骄胡怯，李闯伤嗟败旅还。
遥指孟姜鸣涕处，游人掩面泪潸潸。

1997 年 11 月 10 日

【注释】

① 徐公：徐达（1332—1385），明初大将。

清平乐

赠艾立民先生

艾立民先生年近花甲，患有心肌梗死之症。因锄草

力猛，旧病复发，幸抢救及时，得以脱险，余赠是阕以
慰之。

东篱锄草，岂料瘟神扰。心绞难眠魂邈邈，妙手
回春梦晓。

暮年量力而行，莫言身后虚名。戒怒愁云自散，
寿如古柏常青。

1997 年 11 月 13 日

醉花阴

孟姜女

岁岁燕山悲玉笛，风咽长城寂。御笔迹犹存，墨
客低徊，指点秦皇疾。

泪洒寒衣怀远客，姜女金莲急。鸳梦竟难圆，哭
倒长城，剩有青山碧。

1997 年 11 月 24 日

【注释】

①疾：毛病，缺点。

行香子

赠梅

独立苍茫，傲视冰霜。雪为容、媚压群芳。飘然
清瘦，风度端庄。有许多情，许多韵，许多香。

春满西厢，翠映东窗。望江山、霞沐骄阳。漫拈数朵，倚遍回廊。且寄台湾，籥澳门，送香江。

1997 年 12 月 13 日

【说明】

按照词谱，前后阕的末两句为"— | |，| — —"，但是古代有些词人作了变通。

卜算子

咏梅

残雪独飘飘，玉骨冰肌媚。更有嫣红映满枝，犹抱清香醉。

花苑尚酣眠，唤醒舒新蕊。分享春光欲断魂，北国青山翠。

1998 年 2 月

一剪梅

夜读胡汉军弟来函

汉苑梅花竞玉姿，花信迟迟，鳞翼迟迟。千金一字几多情，两地萦思，一种萦思。

回首当年砺杵时，展翼高飞，赴晋雄飞。今宵明月照金卮，漫撷梅枝，且寄梅枝。

1998 年 2 月 11 日

【注释】

① 鳞翼：鱼和雁。书信的代称。

② 花信：开花的消息。

③ 萦思：缠绕的思念。

④ 卮（zhī）：古代盛酒的器皿。

七绝

赠学友白奕先生

安贫处世惟存厚，乐育英才总率真。
宦海沉浮依自洁，桑榆搏浪启芳尘。

1998 年 3 月

【注释】

① 率真：直爽而诚恳、认真。

② 桑榆：日暮，晚年。

③ 芳尘：好的风气、名声。

七古

凭吊于右任先生

辛亥功高铭史册，河山满目不成春。
纶巾风度举义帜，靖国勋业坠烟尘。
诗篇沉郁皆有泪，健笔狂草迹如神。
身羁海涯望关陇，三秦招魂祭贤人。

1998 年 3 月

①于右任（1879—1964）：原名伯循，字骚心，号髯翁，原籍陕西省泾阳县，生于三原县。同盟会会员，参加辛亥革命以及反袁、护法等斗争。后回陕任靖国军总司令。大革命时期拥护孙中山先生的"三大政策"。曾任监察院院长。擅长书法、诗词，书法有"当今称第一"之誉。有《半哭半笑楼诗稿》等行世。

醉花阴

贺阎彬如老夫人八秩华诞

汉苑梅红枝吐翠，松柏催仙卉。百凤聚琼楼，曼舞酣歌，王母瑶台醉。

华发育贤终不悔，一任形憔悴。莫道已黄昏，风范长存，余热仍珍贵。

1998 年 3 月 20 日

【注释】

①秩：十年。八秩为八十岁。

②华发：花白的头发。

行香子

游兴庆宫公园

花信迟迟，丽日熙熙。眺幽溪、烟草萋萋。桃娇李艳，藤竹偎依。更燕嘤鸣，蜂曼舞，蝶纷飞。

信步湖堤，静觎清漪。最留连、岸柳丝垂。扁舟竞渡，游客嬉嬉，尽笑盈盈，歌朗朗，语低低。

1998 年 4 月 18 日

行香子

警花

梅竹横斜，数点寒鸦。望星空、月映窗纱。栏干倚遍，眉敛长嗟。念一云郎，一慈母，一娇娃。

朴素无华，文采尤佳。寄豪情、放眼天涯。英姿飒爽，侪辈争夸：是一贤妻，一良母，一警花。

1998 年 5 月

【说明】

按照词谱，前后阕的末两句为"一 | |，| 一 一"，但是古代有些词人作了变通。

【注释】

① 云郎：云游在外的人。

② 侪（chái）：同辈，同类的人们。

望海潮

古城长安

十朝都邑，风流神采，倚骊傍渭潜龙。烽火戏言，荆轲喋血，鸿门剑影飞觥。盛世忆唐宫。叹贞观纳谏，武媚降骢。比翼云天，香魂含恨漫郊垌。

游人吊古寻踪。看半坡石斧，雁塔晨钟。陵卫俑兵，莺啼灞柳，昆明水碧烟蒙。胜迹妙无穷。但凭楼纵目，丝路垂虹。欧亚情深，九州开放必昌隆。

1998 年 5 月 29 日

【注释】

① 倚骊（lí）傍渭：（长安）紧靠骊山，临近渭水。

② 潜龙：比喻圣人在下位，隐而未显。

③ 坰（jiōng）：野外。

减字木兰花

骊山抒怀

紫烟袅娜，画阁临波榴似火。风雨骊山，阅尽沧桑不肯闲。

狼烽博笑，泉沐杨妃魂系缟。兵谏铮铮，史册无情颂伟名。

1998 年 6 月 13 日

【注释】

① 袅（niǎo）娜（古音读 nuǒ）：枝叶柔弱细长的样子。

② 狼烽：即烽火。古代边防报警的烟火。

望海潮

华山

莲峰千仞，斧雕奇险，岩峣鸟瞰西京。仙掌迹深，松涛骤啸，水帘灵境猿鸣。箭括鬼神惊。看苍龙洑霭，旭日东升。栈道凌空，摘星石畔数峰青。

骚人自古多情。有历朝逸事，娓娓详评：观弈烂柯，沉香救母，博台智斗纹枰。赤县露峥嵘。愿青牛俯首，沃野春耕。玉女乘鸾，故乡欢聚夜吹笙。

1998 年 6 月 19 日

【注释】

① 莲峰：华山。远看华山，像一朵初绽的莲花。

② 岧峣（tiáo yáo）：形容高。

③ 仙掌：华山朝阳峰（东峰）的峰侧石上有痕，自下望之，宛如手掌，人称仙人掌。

④ 水帘：指华山莲花峰（西峰）山腰的水帘洞。唐代这里曾有猿猴。

⑤ 箭括：指华山的千尺幢（chuáng）。

⑥ 苍龙：华山的苍龙岭。

⑦ 洑（fù）：游泳。

⑧ 观弈烂柯：指"观棋烂柯"的故事。传说晋代的王柯在华山打柴，在聚仙台看道长下棋。道长突然发现他，挥手让他回去。这时他的扁担已朽，斧柄已烂。回家后见一老头，正是他的五世孙。此时王柯才知道自己离家已经100年了，于是回华山修道。

⑨ "博台"句：传说赵匡胤在华山的博台与陈抟下棋，把华山输给了陈抟。

⑩ 青牛：老子的坐骑。传说"老子骑青牛，过潼关"，曾住在华山炼丹。

⑪ 玉女：即秦穆公的爱女弄玉。传说弄玉与仙人萧史成亲后，萧史乘龙，弄玉跨凤，双双腾空而去，在华山修炼。

一字冠顶诗

一吟一咏儒士风，一张一弛乐融融。

一笑置之任千夫，一身是胆敢屠龙。

一尘不染情高雅，一波三折总从容。

一往深情恋故土，一寸丹心映烛红。

1998 年 7 月 22 日

行香子

赞海伦·斯诺女士及海伦·斯诺学校

远渡重洋，孤胆无双。访红都、笔绽瑶章。痴心依旧，情意绵长。叹彩虹艳，青鸟急，九州昌。

斯诺之乡，卓立胶庠。沐春风、杏艳桃芳。名师荟萃，博采中洋。更度金针，垂德范，托朝阳。

1998 年 9 月 1 日

【注释】

① 海伦·斯诺：美国著名新闻记者、作家。她是埃德加·斯诺的夫人。1936 年秋，她在西安采访张学良。1937 年再次来西安，冒着生命危险赴延安，采访毛泽东同志。撰写《续西行漫记》等四部著作。新中国成立后，她在美国遭到政治迫害达 20 年之久，但痴心不改。她把西安、延安、保安称作"斯诺之乡"。1991 年 9 月荣获"理解与友谊国际文学奖"，1996 年 6 月荣获中国政府颁发的"人民友好使者"的称号。她说："我的著作，我的思想，提供了一座通向未来的桥梁。"

② 红都：指延安。

③ 青鸟：指使者。

④ 胶庠（xiáng）：学校。

⑤ 度金针：这里指把巧妙的方法授予别人。度：授，给。

一剪梅

教师节抒怀

桂菊魂凝香满园，处处欢颜，几度欢颜。海伦学校艳阳天，俊彦摇篮，绛帐无边。

红烛无言心亦丹，光照人间，情满人间。桃夭李灿缀天涯，欢笑嫣然，曼舞翩然。

1998 年 9 月 10 日

【注释】

① 俊彦（yàn）：有才学的人。

② 绛（jiàng）帐：红色的帐子，东汉学者马融讲学时使用绛帐。后人用绛帐借指讲坛（或教师）。绛帐无边：指没有国界的学校。

③ 夭：茂盛。

一剪梅

长江抗洪颂

吴楚潇潇暴雨倾，飞浪心惊，拍岸魂惊。蛟龙咆哮竟无情。突破荆门，直逼金陵。

欲缚洪魔争请缨，挽臂成城，众志成城。万千夏禹伏狂澜。笑语盈盈，热泪盈盈。

1998 年 9 月

七绝

赞海伦·斯诺学校老年女教师

杏坛风雅度韶华，血沃新苗遍海涯。
莫道黄昏凋落叶，苍松依旧赛桃花。

1998 年 11 月 10 日

七绝

濯足香江

夜挂银盘一径斜，吟红咏绿近窗纱。
愿随塞雁飞南国，濯足香江赋紫花。

1998 年 11 月 11 日

【注释】

① 紫花：指紫荆花，花为深紫色。

五古

宴饮

窗外缀吉星，小楼聚贤英。

畅怀玉爵频，序齿话平生。

精神凝一体，天涯忆旧情。

余兴千万缕，梦醒三四更。

1998 年 11 月 16 日

【注释】

①宴饮：1998 年 11 月 16 日晚，海伦·斯诺学校部分教师宴聚一堂。

②序齿：按年龄大小定次序。相传白居易等九人置酒赋诗相乐，序齿不序官。

青玉案

丈八沟宾馆雅集

轻车络绎烟尘冷，但目送园中景。岸柳碧湖偎曲径。琼楼飞阁，古松苍劲，胜似游仙境。

放歌千叠抒豪兴，曼舞婆娑激情迸。更喜虹桥留倩影。别离难舍，无言风静，归路斜晖映。

1998 年 12 月 12 日

【说明】

1998 年 12 月 12 日下午，海伦·斯诺学校部分教师在丈八沟宾馆聚会。

一剪梅

海伦·斯诺学校教师雅集

梅俏风和聚画堂，金碧辉煌，烛焰昏黄。麟歌凤舞奏宫商，韵绕回廊，情满回廊。

　　醇酒销魂脍炙香，笑语飞觞，醉语飞觞。凭栏邀月诉衷肠。兰襟贻芳，兰谊流芳。

1999 年 1 月 9 日

【注释】

　　① 画堂：有图案装饰的厅堂。

　　② 宫商：指曲调。

　　③ 脍炙（kuài zhì）：佳肴。

　　④ 觞（shāng）：古代喝酒用的器物。

　　⑤ 兰襟：比喻良友。

　　⑥ 贻（yí）：遗留，赠给。

　　⑦ 兰谊：友谊。

浪淘沙

步友人原韵

　　汉苑捻琵琶，难驻韶华。梅香伴我酌流霞。满鬓清霜天欲雪，思绪幽遐。

　　汾水漫鸣笳，人在天涯。浮萍荡漾遇词家。莫叹丹枫飘落叶，胜似山花。

1999 年 2 月 9 日

【注释】

　　① 流霞：神话中的仙酒，泛指美酒。

七律

悼赵慈庚先生

持筹颠沛终无悔，绛帐清贫度一生。
处世率真遭浩劫，修身耿介铸高名。
舌耕有诀儒林仰，哲思孕诗骚客惊。
遽陨文星天黯淡，燕山楚水泣无声。

1999 年 2 月 20 日

【注释】

① 赵慈庚（1910 年 3 月 1 日—1999 年 2 月 4 日）：字霁春，河北省定县（今定州市）人，北京师范大学数学系教授，我国著名数学教育家。

② 率真：直爽而诚恳、认真。赵慈庚年轻时在北京看到某家的门楹："传家有道惟存厚，处世无奇但率真。"内心很欣赏，便立为自己处世的准则。他说，后来"率真"却成了招祸之源。

③ 耿介：正直。

④ 舌耕：依靠教书谋生。

⑤ 哲思（sì。古音"思"为动词，读平声。"思"为名词，读去声）：精深的思虑。

⑥ 遽（jù）：匆忙，仓猝。

⑦ 文星：文昌星，也称文曲星。传说是主管文运的星宿。

一剪梅

赞西安欧亚学院

黉阁巍巍蜂蝶飞，花外鹃啼，柳外莺啼。莘莘学子立程门，晨练痴迷，夜读痴迷。

沥血三秋绽彩霓，博采中西，情系中西。杏坛默默度金针，桃李争奇，"欧亚"争奇。

1999 年 3 月 18 日

【注释】

① 黉（hóng）：学校。

② 立程门：程门立雪。杨时和游酢是宋代学者程颐的门人。他们拜访程颐，时值大雪。程颐瞑目而坐，二人在门外侍立不走，等程颐醒来才告辞，此时门外已雪深一尺。后人用"程门立雪"作为尊师重道的典故。

一剪梅

参观郁金香花展

杨柳依依云理妆，芳草斜阳，花外斜阳。千娇百态郁金香，越是端详，越是牵肠。

竹径清泉绕画廊，情侣双双，留影双双。一轮明月挂西厢，风掠荷塘，惊起鸳鸯。

1999 年 3 月 24 日

浪淘沙

再和友人

柳下弄琵琶，珠玉清华。秦关楚水映丹霞。一曲悲歌花溅泪，余韵幽遐。

夜夜抚寒筇，星海无涯。羞将拙赋寄方家。煮酒啖梅评百卉，共咏桃花。

1999 年 3 月 26 日

【注释】

① 啖（dàn）：吃或给人吃。

浣溪沙

乡村即景

桃李妖娆草满蹊，两行杨柳总相依。时闻村巷唱晨鸡。

少女梳妆偎树北，老农锄禾向桥西。村姑碧水浣春衣。

1999 年 4 月 1 日

七律

贺家父高元白先生九秩华诞

京华负笈占鳌头，避地三秦恨缺瓯。
入蜀方知风暴激，赴朝却叹弹痕稠。
漫评梦蝶擎"三论"，力主拼音惠九州。
浩劫余生讴鼎革，寿星九秩更添筹。

1999 年 4 月 14 日

【注释】

①高元白：生于1909年3月19日（农历二月二十八日）。原名崇信，字元白，以字行。陕西省米脂县人，在北京读书时成绩优异，由小学保送初中，由初中保送高中，由高中保送北平师范大学国文系。毕业后在北平师范大学附中任教。"七七事变"后，迁居西安、城固，在西北联合大学等校任教。1946年1月在重庆与杜斌丞先生晤谈，始知民主运动如火如荼。高先生诗云："山城深夜话平生，不弃庸愚寄望诚。民主风雷掀四海，愿如海燕逐涛鸣。"新中国成立后在西北大学、陕西师范大学等校任教授、系主任。还任陕西省语言学会会长、中国语言学会理事、中国音韵学研究会顾问、中国训诂学研究会学术委员、中国写作研究会西北分会副会长、陕西省文史研究馆馆长及名誉馆长等职。1953年10月随第三届赴朝慰问团去朝鲜慰问中国人民志愿军。他倡导并推行《汉语拼音方案》。著作颇丰，除语言学著作外，还有研究庄子的三部著作：《论庄子散文》《庄子内篇今译》和《庄子选注》。

②秩：十年。九秩为九十岁。

③负笈（jí）：背着书箱游学。

④避地：因避灾祸而移居他处。

⑤梦蝶：指庄生（庄子）梦蝶。

⑥三论：指研究庄子的三部著作。

⑦添筹：海屋添筹，长寿的意思。

菩萨蛮

思念

玉郎凿隧挥神钻，餐尘垢面仍痴恋。离绪不成眠，思郎泪已潸。

欲召君絮诉，又恐工期误。斟酌寄鱼书，言欢字字虚。

1999 年 7 月 7 日

【说明】

按词谱，前后阕的末句亦可改用"— — | | —"。

此词写铁路工人的妻子思念丈夫的心情。

【注释】

① 玉郎：男青年。女子对丈夫的爱称。

② 鱼书：书信。

七绝

消夏

碧叶红妆逗绿萍，闲云柳影暮鸦鸣。

幽香满径花前坐，一片诗情月已明。

1999 年 7 月 21 日

七绝

怒斥北约轰炸中国使馆

血溅南联飞弹坠，江山破碎起狂飙。

无端炸馆招公愤，九域忠魂斥霸枭。

1999 年 7 月

① 南联：南斯拉夫联盟的简称。

② 九域：九州，中国。

七绝

西安碑林

金刀玉笔蕴碑魂，篆隶草真皆有神。

遗韵千秋光禹甸，石林墨海醉骚人。

1999 年 8 月

七古

武则天墓

一代雄才是峨眉，度势临朝宝鼎移。

诛子专权亲酷吏，重农纳谏革陋规。

力安社稷平诸李，叱咤风云伏四夷。

独有陵前碑无字，千秋毁誉任评辞。

1999 年 8 月

五律

凭吊诸葛亮

隆中隐遁闲，逐鹿世时艰。

借箭周郎妒，祭风曹贼还。

三分安汉鼎，六出震秦关。

尽瘁苍生仰，思君泪已潸。

1999 年 8 月

七绝

秦兵马俑

祖龙霸业垂青史，陵寝依然伏甲兵。

列阵睽睽吞宇内，至今回荡马嘶声。

1999 年 8 月

【注释】

① 祖龙：指秦始皇。

七律

凭吊曾祖父高树荣先生

天降奇才啸大千，三秦墨客慕名贤。

一生颠沛滋桃李，万户相安度馑年。

素志亲民移陋俗，丹心忧国阅夷篇。

安贫守道垂寰宇，仰止高山敬肃然。

1999 年 8 月

【注释】

① 高树荣（1848—1906）：字桂生，清代陕西米脂县人。

他多才多艺，忧国忧民，是一位教育家、数学家和医学家。1891年考中解元（第一名举人）。他的文章被儒士奉为范文，"全陕文风为之一变"。他一生"以天下为己任"，"甲子后，愤外侮日甚，思阅西书，借窥彼中情形"。年近五十岁，在北京自修英语。"遂能广阅西书。于西人学说、政治及各种科学均得洞见本源"。光绪三年陕西大旱，他筹办邑赈。光绪二十七年陕西又遭灾荒，巡抚请他督办陕北二十三县赈务，"收效亦宏"，因而给他奖励知县职，分发山西，但未就任。他常常劝诫别人："毋挟贤，毋挟贵，有官当如无官时。"他看到本县"男耕女不织"，便开设织纺局，聘请山西女技师向妇女传授织纺技术，"自此，织纺之利始开"。他的医道高明，药到病除，"乡人称之为和缓"。光绪三年灾荒后，瘟疫盛行。他"传方施药，全活甚多"。他曾在山西平遥县、北京、定阳书院、凤翔书院、榆林中学堂任教，"循循善诱，教术多端"。他的著作有《圣学困勉记》《经世刍言》《机器说》《算理论》和《医学录要》等。《陕西省通志》和《米脂县志》记载了他的生平事迹。

采桑子

北戴河海滨

柳烟深锁晴虹卧，开遍荷花，魂寄荷花，处处薰风处处家。

夕阳一醉孤帆远，浪洗平沙，嬉戏平沙，缓缓归来月已斜。

1999年8月

七古

"公仆"

"公仆"夜夜进酒家，商女入梦傍乌纱。
官肥民瘦今又是，幸有法网漫天涯。

1999 年 8 月

一剪梅

兴庆宫怀古

歌舞升平兴庆宫，山左虬松，山右云松。沉香亭
阁映湖中，桥影如弓，月影如弓。

比翼双飞恨几重，闭月花容，魂断花容。脱靴狂
赋醉朦胧，来也匆匆，去也匆匆。

1999 年 8 月 22 日

【说明】

唐玄宗处理政务，接见外国使节，多在兴庆宫。杨贵妃也曾
住在这里。白居易在《长恨歌》中，称唐玄宗与杨贵妃"在天愿
作比翼鸟，在地愿为连理枝"。相传天子诏李白赋诗，李白大醉，
高力士为其脱靴。兴庆宫毁于兵火。1958 年在遗址处改建公园。

沁园春

庆祝国庆五十周年

拔却三山，雾散龙腾，燕舞曲飘。望钢花绚丽，

093

核云冉冉；沙林葱郁，麦浪滔滔。画戟如林，雄关如铁，敢与天狼试比高。擒四怪，看神州大地，处处妖娆。

回眸鼎革千娇，海内外群贤竞折腰。喜特区展翼，纷舒锦绣；明珠还浦，独领风骚。台澳扬帆，垂成一统，共挽彤弓射海雕。鸿猷展，且和衷跨纪，更胜今朝。

1999 年 9 月 29 日

【注释】

① 天狼：星名，传说天狼星主管侵略。这里借指侵略者。

② 鼎革：改革。

③ 垂：将近。

④ 鸿猷（yóu）：宏伟的计划。

浪淘沙

中秋远眺澳门

碧浪泛兰桡，横卧虹桥。湖光如练柳丝摇。月姊琼楼吹玉笛，紫桂香飘。

镜海月多娇，喜见归潮。芙蓉花艳泪痕消。灿灿双珠嵌汉鼎，分外妖娆。

1999 年 10 月 6 日

【注释】

① 镜海：澳门的海域，也是澳门的别称。

② 双珠：两颗明珠，借指香港和澳门。

③ 嵌（qiàn，古音可读平声，属〔十五咸〕）：填塞。

醉太平

无题

湖堤一环，柳堤半湾。岛心隐隐苍山，似杨妃翠鬟。
云鳞晓岚，霜浓叶丹。扁舟玉笛飘然，伴清波忘还。

1999 年 10 月 9 日

浣溪沙

欧亚学院部分教师雅集

玉笛销魂画阁妍，兰亭雅士有良缘。浅斟絮语
月婵娟。

墨客高歌讴鼎革，仙姝妙舞庆珠还。归途惜别约
来年。

1999 年 12 月 22 日

七律

小草自述用张世平先生韵

荒原古道洒离情，映衬丛花不计名。
每遇飞轮犹隐没，几遭野火又逢生。
闲居峭壁承甘露，点染长堤胜晚晴。
一缕芳魂飘海角，山河靓丽世人惊。

1999 年 12 月 23 日

附张世平先生原诗：

小草自述

百花园里懒争名，万绿丛中貌不惊。

俯首路边承雨露，居身篱下识阴晴。

虽遭野火烧难尽，若遇春风吹又生。

装缀河山添锦绣，天涯人说我多情。

五律

步叶楚伦先生《有怀》原韵

帘外涓涓月，天涯亦灿明。

衾寒归梦绝，雁杳唳声轻。

远客愁肠断，佳人怨绪萦。

何时闻玉笛，陶醉一声声。

1999 年 12 月 27 日

【注释】

① 杳（yǎo）：无影无声。

② 唳（lì）：鸟鸣。

醉太平

赠宋德伟先生

柳塘藕香,野滩稻香。汉江渔笛悠扬,是童年故乡。

股锥序庠,宦游晋阳。人生几度沧桑,惟金兰永芳。

2000 年 1 月 5 日

【注释】

① 股锥：即锥股。战国时期，苏秦发愤读书，欲睡时，

用锥刺其股。后人用"锥股"作为勤学自励的典故。

②序庠（xiáng）：序和庠都是古代的学校。

③晋阳：县名，在今太原市。隋开皇十五年改晋阳县为太原县。这里借指山西省。宋德伟由陕西师大数学系毕业后，在山西大同市工作多年，后调回西安，在西安联合大学数学系任副教授。

④金兰：交友相投合。

七律

西安欧亚学院春节联谊会

雪霁梅香展素妆，莺歌鹤舞聚华堂。
回眸镜海终还浦，展望嘉猷共举觞。
慨叹惜阴翔乳燕，仰钦沥血铸名庠。
今逢盛世山花艳，甘做工蜂恋蕊忙。

2000 年 1 月 26 日

七律

步友人原韵

秦宫吐月烛花红，爆竹声催五谷丰。
笑傲江湖羁雪域，愁吟骚赋惧杯弓。
金针度与昆仑北，银发梳簪笠泽东。
青鸟匆匆迎盛世，聊遣俚句慰孤松。

2000 年 2 月 5 日

七绝

赠胡汉军弟

孤云苦雨已经年，兴庆、毗卢各一天。
遥望夕阳无限好，何时相聚在秦川？

2000 年 2 月 7 日

七律

缅怀祖父高祖宪先生

儒林卓立谪仙才，学圃躬耕啸壮怀。
报载檄文惊帝阙，秦悬汉帜醉琼醅。
深韬御敌垂青史，良策安民洗俗埃。
怒看袁酋终窃国，凄然拂袖步蒿莱。

2000 年 2 月 12 日

【注释】

①高祖宪（1871—1943）：字又尼，又宜，陕西省米脂县人，光绪二十八年举人，三原宏道高等学堂教习。1906 年创办绥德中学堂，任监督（校长）兼教习。1907 年在日本参加同盟会，创办《秦陇报》，任主编，撰写发刊词，宣传反清救国革命思想。归国后策划反清起义，是陕西辛亥革命（1911 年 10 月 22 日）的主要策动者之一。起义后，清军反扑，潼关失守，西安危在旦夕。众人主张退据商洛龙驹寨（今丹凤）。高祖宪力排众议，主张据守华阴，并筹措军饷。潼关三失三得，局势终于转危为安。这一功绩载入《陕西省通志》

及《米脂县志》。辛亥革命胜利后，他荣获两枚嘉禾勋章，先后任陕西都督府秘书长、关中道观察使、关中道尹等职。袁世凯窃取政权后，高祖宪愤然辞职，移家北京，专心治史，病逝于陕西省城固县。

②谪（zhé）仙：谪居世间的仙人。古人把才学出众、品德高尚的人称为谪仙。

③檄（xí）文：古代用于晓谕、征召、声讨等的文书，特指声讨敌人或叛逆的文书。这里指高祖宪在《秦陇报》发表的反清文章。

④蒿莱（hāo lái）：野草，引申为荒地。

七律

缅怀杜斌丞先生依林伯渠原韵

银州卓立一英豪，桃李天涯搏海涛。
德辅杨公砭弊政，情融延水蕴雄韬。
骊山进谏终囚蒋，虎帐筹谋且放曹。
敢向刀丛伸正义，血凝枫叶满秋皋。

2000 年 2 月 16 日

【注释】

①杜斌丞（1888—1947 年 10 月 7 日）：名丕功，字斌丞，陕西省米脂县人。1917 年北京高等师范学校毕业后，任榆林中学教导主任。次年任校长。培养的学生有刘志丹、谢子长等风云人物。1930 年杨虎城主持陕西军政，邀杜斌丞任省政府和潼关行营高级参议等职。杜斌丞成为重要决策人物。他提出"陕甘一体，回汉一家，打通新疆，联合苏联，南北团

结，反蒋救国"的主张。他多次秘密帮助红军和陕甘宁边区。在西安事变中，他以省政府秘书长兼政治设计委员的身份，联络中共，为和平解决西安事变做出贡献。他积极从事民主运动，1945年10月当选中国民主同盟中央委员、民盟中央常委兼西北总支部主任委员。他反对国民党进行内战和扼杀民主的行径。1947年3月20日在西安被捕，同年10月7日在玉祥门外英勇就义。毛泽东为他撰写挽联："为人民而死，虽死犹生。"周恩来称他是"鲁迅式的共产党员"。董必武、林伯渠、谢觉哉、高元白、高宪斌等人为他写了挽诗。

②银州：米脂县在北周归属银州。民间至今仍称米脂为古银州。

③杨公：指杨虎城将军。

④虎帐：武将的营幕，这里指杨虎城公馆。

⑤曹：即一代枭雄曹操，这里借指蒋介石。

⑥皋（gāo）：岸，水边的高地。

附林伯渠原诗：

桥陵间气挺人豪，秋水襟怀松柏操。子美家风天此醉，文山遭遇节尤高。誓将热血培民主，唤醒睡狮吼怒涛。告慰先生应瞑目，千章红叶满晴皋。

七律
戏答求偶诗步其原韵

报载广东某女以诗求偶，魏义友先生捷足和诗。诸友怂恿，吾遂趋步戏答，以博一哂，然非本意也。

坦腹兰亭漫抚弦，寄情山水且随缘。

临窗总怯仙人掌，舒目犹钟凤眼莲。

月夜诗雄残烛冷，杏坛春暖艳枝坚。

红颜莫叹知音少，今有登徒是谪仙。

2000 年 2 月 19 日

【注释】

①坦腹：露腹躺着。东晋时期郗鉴太傅派门生给丞相王导送信，想在王导的几个公子中择一佳婿。门生返回后告诉郗太傅："王丞相的公子都很出色。听说择婿，几个公子生怕选不上，显得有些拘谨，但是只有一个公子若无其事，坦腹东床。"郗太傅说："选这个公子做女婿最好。"郗太傅查知这个公子是王羲之，便把女儿嫁给他。

②兰亭：在浙江会稽山。谢安、王羲之等 41 人曾在兰亭聚会。

③凤眼莲：别名水浮莲，原产自南美洲。它是多年生浮生水面宿根草本植物，高 30~50cm。

④杏坛：传说孔子聚徒讲学处。这里指讲坛。

⑤登徒：登徒子。战国时期楚国的宋玉作《登徒子好色赋》。登徒子的妻子相貌异常丑陋，登徒子却爱她，生有五子。宋玉因此称登徒子是好色之徒。其实登徒子并非好色，而是重感情。

⑥谪仙：谪居世间的仙人。古人把才学出众、品德高尚的人称为谪仙。

附某女求偶原诗：

千里来梅寄此生，欲从文字结姻缘。抽针待绣双飞鸟，握笔思描并蒂莲。身节敢夸同月亮，心芳还喜此金坚。无端爱读唐人句，只选鸳鸯不选仙。

（说明：①在"仄起首句入韵式"中，第一句的最后一个

101

字必须押韵，或押邻韵。这里"生"字不押韵。②此诗第三、四句意义雷同，犯了"合掌"的毛病。从整体看，此诗能达到这个水平，实属不易，瑕不掩瑜。——高振儒评注）

附魏义友先生和诗：

桥隧毡房度此生，同君有意却无缘。新朋天上穿云鸟，旧侣池中出水莲。江阔何如心境阔，骨坚自比石岩坚。早生野外修高路，既是鸳鸯也是仙。

（魏义友先生是陕西省诗词学会理事、铁一局一处南疆指挥部办公室主任。著作有《毡房诗词选》《中国铁路诗词选》和《南疆诗稿》。）

清平乐

红梅

绛唇点点，谁把胭脂染？百卉酣眠妆更艳，欲把春光独占。

孤山香惹诗仙，罗浮旧梦难圆。且撷一枝簪发，激情恰似飞泉。

2000年2月

五古

赠学友杜鸿科先生

英气一知音，同窗业精修。

治校怀方略，健笔惊海陬。

家有算筹乐，门无车马咻。

何时同举爵，明月照琼楼。

2000 年 3 月

【注释】

①杜鸿科：陕西省临潼县（今西安市临潼区）人，数学家，曾任陕西师范大学副校长。

②咻（xiū）：喧扰。

<h1 align="center">七古</h1>

<h1 align="center">读宋联奎先生《城南草堂诗稿》有感</h1>

楚雄韬略镌丰碑，菊魄冰心天下知。

健笔遗韵千秋在，兴亡幽恨尽入诗。

2000 年 3 月

【注释】

①宋联奎（1870—1951）：字菊坞，祖籍昆明市。清末举人，任云南迤西兵备道。辛亥革命后，任陕西省民政长（省长），后辞职隐退。1937 年任陕西省临时参议会议长。新中国成立后任陕西省政协常委等职。曾主编《关中丛书》等书，有《城南草堂诗稿》存世。

七律

游园即景

蜂惹桃花曲径长，云披锦绣映荷塘。
柳垂柔鬓莺声脆，春寄痴情杏蕊香。
艇渡虹桥迷蛱蝶，烟弥沙岸戏鸳鸯。
徘徊吟咏疑仙境，也学钓翁忘夕阳。

2000 年 4 月

【说明】

古音"忘"字可读去声，也可读平声。此诗最后一句的"忘"读平声，此句符合拗救的规定，则此句的平仄就符合要求了。

七绝

洛阳

杜鹃声里又残春，玉佩余香忆洛神。
窟凿飞天叹鬼斧，牡丹时节满芳尘。

2000 年 4 月 20 日

【说明】

凿（záo），古音读 zuò，属于入声。

七律

贺霍松林教授八秩华诞

陇鹤冲霄多坎坷，髯翁青睐共冰心。

投枪杀虏天狼惧，梦笔生花墨客钦。
牛槛阴风知劲草，鸡窗絮语度金针。
骚坛泰斗雄风在，八秩添筹寿酒斟。

2000 年 5 月 10 日

【注释】

① 霍松林，甘肃省天水县（今天水市）人，全国著名诗人，陕西师范大学中文系教授、文学研究所所长，中华诗词学会副会长、名誉会长，陕西省诗词学会会长。

② 梦笔：南梁的纪少瑜，曾梦见有人送他一束笔，从此他的文章大有进步。在这里，"梦笔"指梦中得到的笔。

③ 鸡窗：书窗，书斋。

七律

贺《秦风》百期

秦风唐韵渊源地，共种骚魂绽俏葩。
泪寄香江思圣哲，情凝丝路走天涯。
漫瞻兵俑填新曲，高咏桥陵弄古笳。
诗国探珠多俊杰，百期瑰宝耀中华。

2000 年 5 月 12 日

【注释】

① 桥陵：黄帝陵。

② 探珠：探骊得珠。古代寓言说，深渊中有骊龙，颌下有千金之珠，欲得之甚难。这里借指探取诗文的精髓。

七律

水帘洞

千峰雾海径通幽。万壑奇松事壮游。
飞泻银河吟鼓韵，欲遮古洞锁咽喉。
欣闻鸟语常驻足，痛饮山泉皆忘愁。
一睹人寰妖尚在，不知何处觅金猴？

2000 年 5 月 13 日

【说明】

此诗第五、六句属于拗救（对句相救），所以这两句也符合平仄的要求。

七律

纪念陕西女子教育先驱高佩兰女士

文屏独秀梨花艳，咏絮奇才育俊贤。
闺阁开天争放足，裙钗秉烛漫题笺。
红颜抗命移婚俗，碧玉离经索女权。
难得蛾眉能报国，功名未必逊貂蝉。

2000 年 6 月 15 日

【注释】

①高佩兰（1903—1976 年 5 月）：陕西省米脂县人，1932 年北京师范大学毕业。1919 年她首创米脂女校（1927年校名改为米脂县女子高级小学，1949 年改名为米脂县第二完全小学），是陕西女子教育的先驱。她宣传新文化、新思想，

大力提倡妇女放脚、剪发、上学和婚姻自主。她的学生有革命先烈杜焕卿和张慧明、陕西省政协副主席杜瑞兰以及澳门濠江中学校长杜岚等知名人士。

②文屏：山名，在米脂县。

③咏絮奇才：东晋谢安在雪天说："白雪纷纷何所似？"谢朗说："撒盐空中差可拟。"谢道蕴（女）有文才，接着说："未若柳絮因风起。"谢安大悦。后世把有文才的女子称为咏絮才。

④碧玉：指贫家女子。

⑤貂蝉：东汉美貌烈女，传说是米脂县艾好湾人。曾依王允的连环计，除掉董卓。康熙年间的《米脂县志》记载，米脂县有"貂蝉洞"。

七律

元末农民起义将领高庆

中原烽莽塞风悲，侠士雕弓智略奇。
汉鼎已残犹拭泪，匈奴未灭总横眉。
剑驱胡虏千山乐，鞭指黄龙万马驰。
更喜朱明齐北伐，神州一统举金卮。

2000 年 6 月

【注释】

①高庆：原名高福十一，字庆，又字彦庆，以字行，元末农民起义将领。元末由安徽合肥迁居陕西米脂，是米脂高姓的始祖。《米脂县志》记载："（高庆）性慷慨，有侠士风。"元朝末年聚众数万人，在城北高家山起义，与元将巴颜帖木耳和

107

察汗脑儿交兵，雄踞一方。洪武九年（1376年）春，中山王汤和、颍川侯傅友德在西安，传檄陕北各县归顺大明，结束割据，共同把抗元斗争进行到底。高庆率部归明，被封为殿前指挥使（正三品）。洪武二十一年（1388年），元帝脱古思帖木耳被部下所杀，元朝灭亡。

②烽莽：烽火连绵不断。

③智略：智谋才略。

④汉鼎：借指汉族的江山。鼎：国之重器，借指国运。

七律

斥日军南京大屠杀罪行

卢沟晓月战尘弥，半壁江山满溃痍。
华夏腥风龙裔怒，金陵血雨国民悲。
孰容小丑遮真相？谁替阴魂诉怨辞？
却喜雄关今永固，蚍蜉撼树世人嗤。

2000年6月

七律

悼念先父高元白先生

垂范杏坛桃李艳，追随杜叟荡氤氲。
心凝韵辙标新论，情寄南华吐彩云。
慨叹腊梅多玉骨，可怜牛槛尽斯文。

魂萦台海终遗恨，星陨风悲漫薄雾。

2000 年 7 月 1 日

【注释】

① 杏坛：传说孔子聚徒讲学处。这里指讲坛。

② 杜斁：指杜斌丞（1888—1947），高元白的表兄，陕西省米脂县人，中国民主同盟中央委员、民盟中央常委兼西北总支部主任委员。1947 年被国民党反动派杀害。毛泽东为他撰写挽联："为人民而死，虽死犹生。"

③ 氤氲（yīn yūn）：烟气弥漫。

④ 南华：指《南华真经》，亦称《庄子》。

⑤ 牛槛（jiàn）：牛棚，牛圈。

⑥ 斯文：文人。

⑦ 雰（fēn）：雾气。

七律

凭吊张良

博浪飞椎击副帷，潜踪进履拜黄师。
运筹帷幄移秦鼎，逐鹿中原奠汉基。
高祖无情烹走狗，留侯有意伴啼鹃。
江沙淘尽雄才显，宇内英名万古垂。

2000 年 8 月 5 日

【注释】

① 帷（wéi）：帐幕，车子的帐幕。这里借指车。

② 黄师：指黄石公。张良曾为黄石公穿鞋，拜黄石公为师。黄石公赠给他《太公兵法》。

③ 留侯：指张良。汉高祖封张良为留侯。

七律

赠霍淑洲女士

婷婷儒雅秉家传，几度风云总累牵。

笑傲人生甘寂寞，轻舒金嗓舞翩跹。

经纶满腹畴人仰，桃李争妍德誉传。

玉管生花惊墨客，风流才女一诗仙。

2000 年 9 月 10 日

【注释】

① 霍淑洲：西安石油学院（2003 年更名为西安石油大学）数学教研室教授，著述甚丰，颇有文才。

② 累牵：牵连。妨碍。

③ 畴人：古代历算家。这里指数学家。

七绝

西安科技商贸学院即景

园林寂寂属谁家？玉砌虹桥绿水斜。

蝶逐芳菲莺妙舞，夕阳依旧照琼花。

2000 年 9 月

七律

雨夜感怀依张希田先生韵

庭院丹枫亦薄情，轩中帐冷梦难成。
满窗桐影摇蕉影，一夜风声伴雨声。
孺子朗吟灯结落，山妻酣卧草蛩鸣。
昏昏残烛窥黄菊，瘦影依然胜晚晴。

2000 年 9 月

七绝

红烛赞

红妆挺秀一条心，光照人寰汗作霖。
不惧身残甘寂寞，终生无悔万人钦。

2000 年 9 月 10 日

酷相思

中秋夜思

月照霜林篱菊艳，桂香醉，无云雁。望飞镜、嫦娥空暗叹。人看了，嫌天远。月看了，嫌人远。

万里涛声怜彼岸，海峡阔，愁无限。月虽皎，亲情难割断。归梦醒，何时见？归棹影，何人见？

2000 年 9 月 12 日

【注释】

① 飞镜：月亮。

采桑子

秋思

清霜崇岭枫林瘦，夕照琼楼。极目沙洲，衰柳残荷一叶舟。

韶华消尽东流水，往事悠悠。忍看吴钩，且寄豪情万里鸥。

2000 年 9 月 20 日

浪淘沙

国庆五十一周年

雨霁染丹霄，菊艳秋高。花坛点缀矗虹桥。秀水青山催战鼓，禹甸妖娆。

神箭太空遨，镜海归潮。悉尼圆梦健儿骄。西部面纱犹揭去，再谱唐尧。

2000 年 10 月 1 日

七绝

重阳节

疏影寒风菊梦萦，飘摇残烛胜长庚。

霜华满鬓怀诗兴，且诉乾坤未了情。

2000 年 10 月 6 日

【注释】

① 长庚：星名，傍晚出现在西方天空的金星。

七律二首

六十抒怀

（一）

萍飘几度任沉浮，淡泊蜗居鬓已秋。

邀月蓬庐研"算史"，披星翰墨荡诗舟。

烛光残照凝心血，乳燕雄飞掠海陬。

留取冰心堪足慰，何妨头白未封侯。

（二）

桑榆晚景叹蓬蒿，百感千丝秉紫毫。

绿水飘萍情尽诉，丹心忧国鬓常搔。

逢春已少花丛泪，入耳尚多宦海涛。

老马归槽知汗尽，依然驰骋满江皋。

2000 年 10 月 8 日

采桑子

遥寄费荣同学

渭河古渡垂杨柳，似我秋心。墨菊霜侵，一阵寒风秋更深。

雁稀天远怜人瘦，思绪难禁。巢寓三禽，他日翱
翔四海钦。

2000 年 10 月

【注释】

① 墨菊：菊花的一种，花瓣呈黑紫色。

② 巢寓三禽：比喻费荣一家三口在安乐窝内幸福地生活。

一剪梅

无题并依何鲁先生原韵

霖雨寒烟秋梦残，塞雁横空，叶落天南。经年萍
迹有无间，往事悠悠，泪不轻弹。

衰柳飘摇玉烛阑，枉度流年，莫恨流年。离情只
有月曾谙，照你无眠，照我无眠。

2000 年 10 月

五绝

凭吊荆轲

易水朔风悲，未歌先泪垂。
赤心惟报国，侠士绝归期。

2000 年 10 月

七律

户县草堂寺

峻岭晴岚塔刺天，草堂古井绕寒烟。

圣僧悟谛传佛教，龙女动容栽雪莲。

香客听经超苦海，骚人题壁颂前贤。

逍遥园外蛙声寂，独步寻踪认昔年。

2000 年 10 月

【说明】

第三、四句是拗救（对句相救），所以符合平仄要求。

【注释】

①草堂寺：始建于后秦。鸠摩罗什是中国佛教的三大翻译家之一，曾寓居此寺十余年。圆寂后安葬于此。寺内有古井，每逢秋冬之晨，水汽升腾，缭绕草堂之上，积雾蒙蒙，故称"草堂烟雾"，是长安八景之一。

七律

赞环卫姑娘

残月如钩伴晓星，迎风涤垢总痴情。

汗流粉颊频挥帚，心印通衢不计名。

惹得行人常赞叹，何妨俗子漫论评。

古城指点群芳谱，马路天仙是舜英。

2000 年 10 月 19 日

【注释】

①通衢（qú）：四通八达的道路。大道。

②舜英：木槿花。古人常常用来比喻女子美丽。

115

七绝

重阳节

韶华一去到衰年，菊绽金秋聚小园。

吐尽蚕丝珍晚节，书山诗海即桃源。

2000 年 10 月 19 日

七古

污吏

酒绿灯残乐未央，尽是妖女伴色狼。

一掷千金何足惜，依然岁岁饱私囊。

2000 年 10 月 20 日

【注释】

① 未央：未尽。

七绝

沉香亭步蔡山佳原韵

谪仙一醉傲公卿，妙笔生花御座惊。

研墨脱靴成逸事，骚人遭妒逐京城。

2000 年 10 月 20 日

七律

步贾宝玉《春夜即事》原韵

罗衾未冷任帷陈，蛙噪荷塘幻影真。
桃杏偎依帘外柳，云霞织与意中人。
灯花嚬泪因何泣？春雨含悲为我嗔。
一任丫鬟偷懒卧，相讥敧枕笑声频。

2000 年 10 月 21 日

【说明】

读《红楼梦》后，反复吟咏林黛玉、贾宝玉、薛宝钗等 9 人的诗词，遂步其原韵唱和。每日一首，凡 40 首。依次抄录。

附贾宝玉原诗:

春夜即事

霞绡云幄任铺陈，隔巷蛙声听未真。
枕上轻寒窗外雨，眼前春色梦中人。
盈盈烛泪因谁泣，点点花愁为我嗔。
自是小鬟娇懒惯，拥衾不耐笑言频。

七律

步贾宝玉《夏夜即事》原韵

鹦鹉声娇翠柳长，佳人遣闷沐兰汤。
画檐麝月摇空影，罗帐檀云度暗香。
琥珀含馨醇酒暖，琵琶传恨水亭凉。
倚栏挥扇听残漏，对镜描眉试晚妆。

【注释】

① 诗中嵌有鹦鹉、麝月、檀云、琥珀四个丫鬟名。

② 兰汤：有香味的热水。

③ 麝月：指月亮。

④ 檀云：檀香的烟雾。

七律

步贾宝玉《秋夜即事》原韵

闲庭曲径夜无哗，冷月疏梧映绛纱。

露湿寒林惊睡鹤，苔侵怪石聚啼鸦。

凭栏叶落垂秋泪，搔首诗成剪烛花。

辗侧难眠因口渴，且呼婢女沏新茶。

七律

步贾宝玉《冬夜即事》原韵

梅眠竹醉近三更，薄雾疏星梦未成。

古柳栖鸦空缀月，琼田铺絮绝啼莺。

烟溪浣褐槌衣重，罗帕题诗着墨轻。

侍女深知须试茗，急将新雪和茶烹。

【注释】

① 褐（hè）：粗布或粗布衣服。这里泛指衣服。

② 和（huò）：掺搅。

七绝三首

步林黛玉《题帕诗》原韵

（一）

神魂荡漾烛花垂，红泪盈盈却为谁？
心冷劳君贻锦帕，青灯无语亦伤悲。

（二）

花容憔悴且偷潜，揉碎花笺笔未闲。
一片痴情无处诉，任他诗句泪斑斑。

（三）

无意罗裳滚玉珠，镜中杏眼已模糊。
满园斑竹情凄切，谁识新痕染血无？

七律

步贾探春《咏白海棠》原韵

芳园寂寂掩朱门，雨沐苍苔润卉盆。
神韵天姿犹弄影，琼肌玉蕊总勾魂。
幽香媚态如神女，碧叶清风映泪痕。
却喜缟仙垂杏眼，浅斟吟唱共黄昏。

【注释】

① 缟（gǎo）仙：白衣仙子。缟：白色丝绢。

119

七律

步薛宝钗《咏白海棠》原韵

淡抹飞霞且掩门，迎风汲水洒苔盆。
叶含玉露枝摇影，雪裹冰肌蕊蕴魂。
妆素惊叹花丽质，愁浓犹见月残痕。
秋神怜悯施铅粉，寂寞孤芳日渐昏。

七律

步贾宝玉《咏白海棠》原韵

斜阳衰草掩柴门，白帝偷来玉一盆。
出水杨妃肌似月，含颦西子雪为魂。
痴郎赠帕情千缕，怨女怜花泪几痕。
寂寞回廊空怅望，谁人相伴咏黄昏？

【注释】

① 白帝：神话传说中西方主管秋事的神。

七律

步林黛玉《咏白海棠》原韵

残叶飘零缀苑门，秋阶疏影玉盈盆。
缟仙著粉难留韵，梨蕊窥腮易断魂。
月殿素娥舒广袖，琼楼怨女拭悲痕。

一腔愁绪西风识，拍遍雕栏日渐昏。

【注释】

① 素娥：指嫦娥。

七律二首

步史湘云《白海棠和韵》原韵

（一）

群仙驭鹤过重门，点化红楼玉一盆。
薄粉梨花频入梦，多情墨客尽销魂。
秋神何故偷冬雪？霜叶无端著雨痕。
独倚回栏偏寂寞，举觞吟咏度黄昏。

（二）

草径通幽翠映门，清霜衰叶坠花盆。
试披寒素犹藏恨，惜别深秋欲断魂。
嫩蕊浓香无倦意，多情皓月有啼痕。
凝眸憔悴谁怜悯？野岭悲风夜已昏。

七律

步薛宝钗《忆菊》原韵

落尽红衣槛外思，孤桐淡月客愁时。
疏篱曲径霜无意，衰柳凄风菊有知。

零泪冰心风送远，残山剩水雁来迟。

经年苦为黄花瘦，他日寻芳可有期？

【注释】

① 槛（jiàn）：栏杆，栏板。

七律

步贾宝玉《访菊》原韵

晓色残星野岭游，琼楼画阁莫淹留。

霜侵不见蓬莱境，菊绽难禁阆苑秋。

金甲冲天香漫漫，黄花插帽兴悠悠。

欲邀陶令同吟咏，且去茫茫古渡头。

【注释】

① 阆（làng）苑：阆风之苑，是仙人所居之境。

② 陶令：指晋代诗人陶潜（字渊明），曾任彭泽县令，故称陶令。

七律

步贾宝玉《种菊》原韵

金风玉露暗香来，戴月东篱著意栽。

汗雨频浇衰叶醒，冰心几祝艳花开。

痴人独赏歌千阕，玉兔相邀酒一杯。

今夜倚栏犹醉卧，方知此处绝尘埃。

七律

步史湘云《对菊》原韵

移菊东篱万点金，萧疏庭院已秋深。
欣弹琴曲含香醉，力缩花魂向蕊吟。
倩影断肠无觅处，芳苞傲世有知音。
花妍人瘦风光秀，相聚难离惜寸阴。

七律

步史湘云《供菊》原韵

瑶琴醇酒结良俦，玉案黄花意境幽。
瘦影长吟深院月，柔姿独占古城秋。
霜侵纵目叹闺怨，露湿低眉忆宦游。
更喜孤高香晚节，争寻菊坞总淹留。

七律

步林黛玉《咏菊》原韵

无寐凄凉晓露侵，疏篱竹径伴琴音。
霜花半吐新愁惹，塞雁孤啼旧恨吟。
黄菊倾心怜烛泪，红颜薄命诉秋心。
风流难得花前醉，陶令评章诵古今。

七律

步薛宝钗《画菊》原韵

雕镂秋色总颠狂，黯淡花魂细品量。
泼墨云山弥薄雾，挥毫篱菊傲清霜。
淡浓逸韵超尘俗，熙攘群蜂带蕊香。
图幅粘屏花更俏，书斋四季是重阳。

七律

步林黛玉《问菊》原韵

憔悴西风竟不知，秋光冷澹讯东篱。
怎因孤傲蒙尘早？为甚凄凉绽蕊迟？
露魄霜魂何感慨？金卮月影可相思？
谁云人世无知已？耳语情浓惜片时。

七律

步贾探春《簪菊》原韵

淑女东篱采菊忙，斜簪不识镜中妆。
一眠菊圃成花癖，独酌葩丛醉楚狂。
宝髻尘粘裙沐露，金莲香染袂凝霜。
时人莫解痴情趣，一任相讥在路旁。

七律

步史湘云《菊影》原韵

鸦鸣枫叶玉楼重，秋色潜移菊圃中。

桂月凄怜篱寂静，烛光冷照蕊玲珑。

冰魂永驻香三径，霜迹残留雁半空。

花影千娇鞮莫践，衷情漫诉夜朦胧。

【注释】

① 鞮（dī）：皮革做的鞋。

七律

步林黛玉《菊梦》原韵

秋芳一卧漏凄清，云帐星灯玉露明。

不羡庄生游梦境，且寻陶令结鸥盟。

霜侵叶脉听珠坠，心恋花魂恼蛐鸣。

幽怨一腔何处诉？诗笺罗帕尚多情。

【注释】

① 鸥盟：与鸥鸟为友。比喻隐居者的生活。

七律

步贾探春《残菊》原韵

霜欺露怨菊倾敧，塞雁南征小雪时。

魄散心蔫形瘦萎，香衰蕊黯叶离披。
风寒月懒蛩吟涩，云淡星残雾吐迟。
一岁一枯情脉脉，涕零暂别莫相思。

【注释】

① 敧（qī）：倾斜。

② 离披：散乱的样子。

③ 蛩（qióng）：蟋蟀。

七律

步邢岫烟《赋得红梅花》原韵

玉树琼枝绽嫩红，暗香疏影笑春风。
巧偷逸韵千花妒，浅蘸芳魂万态通。
醉卧罗浮终悟道，隐居庾岭遍垂虹。
闲栽驿路无人问，依旧清高立雪中。

【注释】

① 罗浮：山名，在广东省境内。《龙城录》载，"隋开皇年间，赵师雄游罗浮，见一美女，共饮之。赵师雄醉卧。次日晨醒，乃在梅花树下，惆怅不已。"

② 庾岭：即大庾岭、梅岭，在江西、广东两省的交界处，以盛开梅花著称。

七律

步李纹《赋得红梅花》原韵

天生尤喜咏红梅，冷艳清芬傲雪开。

疏影虬枝香暗度，丹心铁骨志难灰。

翩跹姑射游尘宇，婀娜天仙孕地胎。

蝶舞蜂鸣花烂漫，芳踪隐遁莫疑猜。

【注释】

① 灰（旧读 huāi）：消沉，失望，碎裂。

② 姑射：《庄子·逍遥游》："藐姑射之山，有神人居焉，肌肤若冰雪，绰约若处子。"后世诗文用姑射（或藐姑）借指美人或神仙。

③ 婀娜（ē nuó，旧读 ě nuǒ）：姿态柔软而美好。

七律

步薛宝琴《赋得红梅花》原韵

冷蕊疏枝绝艳花，半开半敛漫京华。

寒冰著色添神韵，香雪传情抹晚霞。

月照梅魂临幻境，梦随玉女泛仙槎。

且拈数朵簪双鬓，花气袭人定不差。

七律

步贾宝玉《访妙玉乞红梅》原韵

墨客兰亭出别裁，仙姝遣使到蓬莱。

不求大士施甘露，但乞孀娥馈腊梅。

枝化银虬寒雁去，苞含玉蕊暗香来。

谁怜公子形憔悴，锦袂羞颜染寺苔。

【注释】

① 仙姝（shū）：美丽的仙女。这里借指李纨、林黛玉、史湘云等人。

② 大士：佛教把菩萨称为大士。这里指妙玉。

③ 孀娥：指舜妻娥皇、女英。

五律

步真真国女儿原韵

故国花前醉，天涯月下吟。

怒涛吞海岸，苍岫隐山林。

利禄情偏薄，兰襟义更深。

汉江春自媚，处处寄琴心。

【说明】

真真国是曹雪芹在《红楼梦》中虚构的海外国家。诗中写真真国一个年仅15岁的少女在中国的感受。

五绝五首

步林黛玉《五美吟》原韵

（一）西施

绝代佳人拭泪花，吴宫醉舞夜思家。

世人莫笑东施拙，银发斜簪尚浣纱。

（二）虞姬

夜夜楚歌悲朔风，含情舞剑慰重瞳。

英雄盖世猢狲散，一缕香魂虎帐中。

【说明】

第一句是拗救（本句自救），所以平仄完全符合要求。

【注释】

① 重瞳（chóng tóng）：每只眼中有两个瞳仁。《史记·项羽本纪》载，项羽的眼睛是重瞳。因此以重瞳借指项羽。

（三）明妃

怀抱胡笳别汉宫，秦关塞漠蕙风同。

昭君抛泪香痕在，犹恨当年贼画工。

【注释】

① 明妃：即王昭君，原名王嫱，汉元帝宫人。晋代以后改称明妃或明君。

② 秦关：函谷关，在今河南省灵宝西。

③ 画工：指毛延寿。

（四）绿珠

显贵夺珠难忍抛，只缘豪富恋妖娆。

重情憨女明深义，却叹芳魂慰寂寥。

【说明】

第一句是拗救（本句自救），所以平仄完全符合要求。

【注释】

① 绿珠：晋代豪族石崇的侍妾，善歌舞。权贵孙秀强行索要绿珠，遭石崇拒绝。孙秀阴谋陷害石崇。石崇临死前对绿珠说："我今为尔获罪。"绿珠说："愿效死于君前。"于是坠楼身亡。

② 寂寥：寂静，空旷，寂寞。

（五）红拂

忧世倾襟伟略殊，峨眉义胆恋穷途。

中原逐鹿功勋赫，千载犹钦女丈夫。

【注释】

① 红拂：隋朝大臣杨素的侍婢。当时群雄割据，穷困落魄的李靖去谒见杨素，谈论政治形势，恰好红拂在侧侍立。她认为李靖是一个大有作为的人物，于是深夜会见李靖，一同去太原扶助李世民起兵反隋。

② 穷途：穷困的处境。这里指末路英雄李靖。

如梦令

步史湘云《柳絮》原韵

江岸柳摇花吐，卷絮吹绵如雾。向晚更含情，却使鸳鸯空妒。且往，且住，莫教残春归去。

南柯子

步贾探春、贾宝玉《柳絮》原韵

碧野铺纤缕，晴空挂素丝。柔情缱绻却难羁，嫁与东风迷漫，任分离。

落去惟君惜，飘回独我知。绿肥红瘦燕归时，垂暮莫叹伤别，隔年期。

【说明】

　　南柯子，又名南歌子、风蝶令。有单调、双调两体。单调
26字，三韵。双调52字，六韵。贾探春、贾宝玉各作一阕。

【注释】

　　①缱绻（qiǎn quǎn）：形容感情好，难舍难分。缠绵。

　　②隔年期：相隔一年后的约会。期：约会。

唐多令

步林黛玉《柳絮》原韵

　　乱絮满荒洲，香魂入画楼。试冲天、雾里绒球。
纷坠天陬终命薄，难再展，旧风流。

　　杜宇唤新愁，春华愧白头。问苍天、故土何方？
贴水化萍随浪远，身无主，任羁留。

西江月

步薛宝琴《柳絮》原韵

　　秦岭飘绒有限，灞桥飞絮无穷。婆娑红雨嫁春
风，却是南柯一梦。

　　几度蜂鸣阆苑，数声鹃唤帘栊。千舟纵使与鲸
同，难载离情恨重。

临江仙

步薛宝钗《柳絮》原韵

扑面蒙蒙风不定，长街柔絮均匀。春光惹得乱纷纷。繁华终阅尽，无奈坠沙尘。

欲挂高枝风伴舞，随缘欢聚离分。莫言萍迹总无根。一朝风助力，便可上青云。

七律

读《红楼梦》有感

一部红楼举世尊，兴衰家世漫评论。
公侯气傲灾终降，奴婢心酸苦暗吞。
怨女有情常溅泪，痴郎无玉总飞魂。
生花妙笔癫狂句，字迹分明渗血痕。

2000 年 11 月 30 日

七绝

自况

一琴一剑一凡夫，一片冰心在玉壶。
一世清贫无一爵，一丝不苟一寒儒。

2000 年 12 月

七绝

凭吊秋瑾

舞剑悲歌海岛游，拼将巾帼换兜鍪。
化为朱鸟空怀恨，万树梅花血泪流。

2000 年 12 月

【注释】

① 兜鍪：古代打仗时戴的盔。

② 朱鸟：南方之神。

七绝

赠魏义友吟长

披云履水总痴情，啸咏毡房度一生。
妙语连珠传广宇，雄心灼灼士林惊。

2000 年 12 月

【注释】

① 灼灼（zhuó）：鲜明，明亮。

② 士林：泛称有文士身份的人。

七律

咏罗浮

东樵福地乱云飞，怪壑层峦染翠微。

洗药犹瞻池映月，梦梅尚忆酒沾衣。

骚人墨迹传今古，梵刹钟声伴曙晖。

仙井清寒黄鹤去，俗尘迥绝总忘归。

2000 年 12 月

【注释】

①罗浮：山名，亦称东樵山，在广东省罗县。道教称之为"第七洞天""第三十二泉源福地"。有冲虚古观、葛洪炼丹灶、洗药池等名胜古迹。相传隋代赵师雄游罗浮，见一美人，遂在酒家共饮，醉卧。东方既白，乃在大梅花树下，惆怅不已。南朝梁武帝时，将佛教引上山，相继建了五个佛寺。

②翠微：轻淡青葱的山色。

五律

读高立民先生《新柳》诗有感

风惹柳丝新，花娇不胜春。

淡描秦岭媚，绿漾楚腰匀。

张绪妍如柳，陶潜喜择邻。

灞桥铺满絮，翠缕绾离人。

2000 年 12 月

【注释】

①张绪（422—489）：南朝齐人。官至太常卿，领国子祭酒。貌美有风姿。齐武帝植蜀柳于灵和殿前，赞叹说："此杨柳风流可爱，似张绪当年时。"

②陶潜：字渊明，东晋文学家、诗人。陶潜的宅旁有五

株柳树，故自号五柳先生。

七律

韩世忠

　　膻风鼙鼓震山河，侠骨刚肠楚剑磨。
　　恶战中原驱狄虏，拼将社稷镇铜驼。
　　金兵嗟叹黄天荡，虎将空吟白雁歌。
　　三字狱兴忠烈惨，西湖垂钓娱清波。

2000 年 12 月

【注释】

　　① 韩世忠（1089—1151）：北宋延安府绥德县人，字良臣，著名抗金将领，曾大败金兀术于黄天荡。秦桧议和后，韩世忠被解职，隐居西湖。

七律

咏鸿雁

　　翼掠关山入碧霄，满怀素志路迢迢。
　　漫瞻秋色千峰秀，豪饮寒霜万木凋。
　　庾岭巍峨容聚息，洞庭浩淼任逍遥。
　　经年碌碌传书信，不使真情愧舜尧。

2000 年 12 月

七律

蓬莱阁

云烟缭绕岭青苍，飞阁凌空入帝乡。

望海蜃楼生幻影，登巅仙境托骄阳。

秦皇入梦求灵药，苏轼临风赋绮章。

却看八仙留胜迹，水城依旧映刀光。

2000 年 12 月

【注释】

① 帝乡：神话中天帝居住的地方。

② 水城：又名备倭城。明代戚继光曾率水师在此防备倭寇。

七律

五台山

峦回谷抱祥云绕，古刹钟声伴雾烟。

白塔巍峨香客涌，金身璀璨佛徒虔。

碑留御迹传千古，寺供龙王益万年。

四海高僧频礼拜，讴歌友谊乐无前。

2000 年 12 月

【注释】

① 五台山：在山西五台县，是我国四大佛教名山之一。五峰高耸，峰顶平坦宽阔，如垒土之台，故称五台。康熙、乾隆二帝曾多次朝拜五台山，书匾题名，撰写碑文。在万佛阁有龙王殿三楹，内塑龙王坐像。按一般惯例，龙王神不居佛寺。当

地相传五台山龙王威灵显赫，若不安其位，寺庙不宁，故建殿祀之。

五律

长城

崇岭绕居庸，飞霞映古松。
始皇修虎隘，历代起狼烽。
姜女涌泉泪，蒙恬殉祖龙。
千秋留胜迹，禹甸换新容。

2000 年 12 月

七律

抗日名将高建白将军

读黎锦熙先生《铁军抗战歌》有感

硝烟惊破卢沟月，胡肉饥餐誉杰雄。
南口神兵袭虎穴，忻州寇骨聚阴风。
窃侦情报鬼作谍，游击夷师倭惧弓。
浴血铁军多壮迹，残山八载始垂虹。

2000 年 12 月

【说明】

第五、六句是拗救（对句自救），所以平仄是符合要求的。

【注释】

①黎锦熙（1890—1978）：湖南省湘潭县人，著名语言学家，中国科学院学部委员。曾任湖南省立第四师范及第一师范教员。他的学生有毛泽东、蔡和森等人。他与毛泽东私交甚密，保存有毛泽东1915—1920年给他的亲笔信，以及毛泽东主编的《新民学会会员通信集》、毛泽东主持的《平民通讯社》油印稿15期。新中国成立后他把这些珍贵文献捐献给中央档案馆。1924年以后黎锦熙任北京女子师范大学国文系主任、北京师范大学文学院院长兼国文系主任等职。

②铁军抗战歌：这是黎锦熙1939年12月写的纪事史诗。它载入《黎锦熙纪事诗存》（中国文史出版社，1998年10月出版）。此诗翔实地叙述了高建白将军英勇抗日，在著名的南口战役、平型关战役、忻口战役、太岳游击战、中条山游击战的功绩。十八集团军朱德将军曾给高建白将军颁发嘉奖令。日军重金悬赏高建白将军的首级。

③南口：在北京市西北。

④忻州：在山西省。忻口在忻州北。这里用忻州借指忻口。

附黎锦熙先生原诗：

铁军抗战歌
（一九三九年十二月）

二十六（一九三七年）年新七夕，魔兵麦桥牛女泣。溯自倭寇陷东北（一九三一年），中经淞沪又榆热；冀北逼我城下盟，冀东旋报金瓯缺；丰台咫尺森炮垒，一声惊破芦沟月。举国怨愤已六载，虎贲之士尤激切；统一战线促形成，抗战从兹定国策，一时腾踊竞请缨；我今请歌高建白。（以上九一八至芦沟桥抗战）高君儒将籍米脂，二五一旅八四师，拊循部曲在陕北，瓦窑堡上建将旗。东征令下兼程进，横渡黄河溽暑时；

并车碾月起汾阳，雁塞踏云趋朔方，即指赤城移察北，长城风卷日昏黄：双旬转动三千里；一旅分防廿余口。其时八月秋渐高，故都已沦敌军手，敌军顿挫南口南，乃窥独石联群丑，边墙之外井儿沟，蓄锐连营伸一肘。将军雨夜出奇兵，李愬衔枚袭蔡城，虎穴霎时成扫荡，遗尸填谷谷为陵。再度突击喜峰砦，敌虽增援亦大败；肉搏能坚士卒心，冲锋况有将军在！歼灭步骑且两团，虏获炮马聚如山。敌酋少将号藤井，不辞相乞伪军怜。沽源伪军谋反正，血书驰抵将军阵；正拟大举复河山，张北俄传失雄镇；南口同亏一篑功；沙城亟解三军困，掩护突围二百里，飞鹏始免折两翼。更渡桑干涉涿河，九月秋霖复猥至，高原流潦妨毂行，谷道深洪及颈际；沿途寇扰陆复空，相薄方休又相值。（以上独石口袭敌，即南口之役）间关西向驻平型，晋北雄关朔代分，南控五台蔽阳曲，西循夏屋掎雁门。敌怵雁门险难入，因度平型虚可乘，板垣师团素称锐，疾攻猛扑如雷霆。将军到此刚两日，鞠旅陈师剑履及；连朝鏖战敌胆摧，两将殉身士气激，忍饥三日夺高山，铁鸟盘空无辟易，引锯陷阵十余次，浴血斩首二千级，直到弹尽援绝时；血染千山万山碧。（以上平型关之役）十月之交忻口战，将军灵山当一面：五台一瞥入定襄，便上陵乔过忻县。忻口拒敌六万人，太原视此为亡存；天险巧凭建坚垒，夜凉深裹捣中军；我师如林斗经月，寇骨充堙光成磷。强虏看成强弩末，谁知铁铸并州错，娘子当关输一夫，瞬息寿阳惊陷落：东路夷师逼晋阳，南瞻云水转仓皇，从兹河朔藩篱尽，慷慨悲歌西战场。将军竟作孟之反，殿此友军数十万，奋臂挥戈却追骑，稳渡汾河入天栈。（以上忻口之役）离石整军抵岁暮，风送雪花飞故故，挟纩如怀喘息苏，解悬有术流亡聚。移师东指二月初，（一九三八年）山程旧岁嵯峨度。敌师川岸茜香月，凶锋进犯同蒲路，欲冲灵霍取临汾，尧都平阳此其处。将军率众截平遥，十数重围非所顾；庐舍摧残走甲车，雉堞微茫迷毒雾；敌死千余我三百，营长捐躯发犹怒；余弹七颗毙敌六，一卒如此他可喻；将军急智坠高城，脱险从容突围去。吁嗟三晋黯云山，蒲坂舜都安邑禹，一路夷氛尽笼罩，尾闾直泄风陵渡。（以上平遥守城，即同蒲路南段之役）晋军不任退河西，此是全盘上著棋：关陕有屏连巩洛，太行设险控燕蓟。自此河东兵百万，一致展开游击战。霍山太岳接绵山，介子当年垂典范；将军虎踞奋龙韬，坐使东瀛鬼夜号。东复沁源正寒食，西屏潞泽限天骄，殉国留芬吕团长，忘家破虏霍嫖姚。霍城匝月凡七袭；兵站奇攻是钻穴；破坏交通神截车；组织情报鬼为谍；忽而伏起虏被狙，忽而围合瓮捉鳖；更展阴谋间敌伪，伪将投诚络不绝；敌策围攻会四路，一齐粉碎蹇自掘：猁骹高家游击军，敌畏如虎谥曰铁！（以上太岳山游击战）星移物换又新年，（一九三九年）粤海荆湖败耗传；寇呼春暮荡汾晋，将军驰赴中条山；中条绵亘数百里，保障河内如肠延。河野部隶牛岛团，晋南驻队皆动员，风陵为首绛作尾，毒牙利齿蛇盘桓；苦斗经旬搤其颈，石门亲劚将军镢；机轰炮迫失功效，白刃赤搏相周旋，我长在此彼所短，所以奔窜馘逾千。中条大捷世称艳，事在六月端阳前；使敌困突汾沁间，不敢进伺河西南。愿得千百此良将，全局胜利拭目看。（以上中条山游击战）高君介弟是吾徒，持示琳琅纪战书。吴君一记撷其要，宋翁张老歌乌乌。君歌既阕听我歌，我歌未与君殊科；抗战三年壮迹多。北路诸役为根柯，我今不歌奈史何！（以上后序）

（高君弟元白，毕业师大。海宁吴世昌子臧有《游击铁军抗战记》。长安宋联奎菊坞有《咏高旅晋东歼敌大捷》诗七绝十四首。安康张孝慈紫樵有《游击铁军》长歌。宁乡刘宗向寅先廿九年（一九四〇年）夏来函云：事著其年月地名，人著其籍里士履，足资他日考证，是之谓诗史。诗质而不俚，繁而不芜，郑子尹集中佳构也。诗文意境色泽当追古，事实名词当从今，湘绮为汉魏之文，而俗语俗事，一炉共冶，使人不觉，非才与学兼至不可得。）

七绝

自题《琴剑诗词》

千里萍飘两鬓斑，潜心吟咏已痴顽。
芜词俚句终雕版，为博方家一破颜。

2001 年 2 月

七律

悼念胞兄高振林先生

2006 年 7 月 4 日惊悉胞兄振林先生遽归道山。哲人其萎，增我悲思。遂赋一诗，谨志哀悼。

天降英才搏浪时，蓬飘半世铸丰碑。
蒙冤冷对千夫指，兴国长吟七步诗。
赤子魂萦台海月，冰心情恋李桃枝。
殚精竭虑酬君愿，浩气长存奠一卮。

2006 年 7 月 4 日

七律

赠恩师涂世武先生

魂凝雅乐誉三秦，一任风霜总率真。
献艺傣乡惊满座，输诚绛帐指迷津。
结缘黉宇增情趣，联谊终南若比邻。
路远天高知不足，程门立雪步芳尘。

【注释】

①涂世武：曾任陕西省太白林业局副局长、太白林业局林业公安局局长兼政委。1997年开始学习吹奏葫芦丝，师从著名音乐家王厚臣先生。曾任陕西省葫芦丝·巴乌专业委员会副会长、西安市西郊分会会长。

②绛帐：红色的帐帷。东汉时期的大学问家马融讲学时，坐高堂，施绛纱帐，前授生徒，后列女乐。后来人们用"绛帐"作为师长或讲坛的代称。

③黉（hóng）宇：学校，这里指老年大学。黉，古代的学校。宇，房檐，泛指房屋。

④程门立雪：北宋时期大学问家程颐的两个弟子杨时和游酢去拜访他。时值大雪，程颐偶然闭目小憩，两位弟子不便打扰，在门外恭候。当程颐醒来的时候，门外的雪已经一尺深了，两位弟子才和程颐辞别。后人用"程门立雪"作为尊师重道的典故。

七律

赠恩师夏存昊先生

夏存昊先生，乃陕西省首届国际标准舞职业组冠军、陕西省国际标准舞学会副会长兼秘书长。慕名求学者云集，余亲聆教诲，得益颇多，不胜感慨，赋诗以谢。

冲天一鹤万人尊，观象知风妙绝伦。

赤胆未忘肩道义，冰心终不负青春。

胸襟似海常忧乐，世事如棋总认真。

大展宏猷逢盛世，寄情舞苑誉三秦。

【注释】

① 观象知风：夏存昊先生曾入伍，在四川当气象兵，退伍后在长安大学任职。

② 冰心：像冰一样洁净的心。

③ 忧乐：古人把范仲淹的名言"先天下之忧而忧，后天下之乐而乐"简称为"忧乐"二字。

④ 宏猷（yóu）：宏伟的计划。

五律

赠恩师张丹江女士

张丹江女士，乃"丹江舞蹈俱乐部"教练。余有幸亲聆教诲，受益匪浅，感激之情油然而生，欣然命笔，题折扇诗以赠。

一饮丹江水，仙姿赛绮霞。

金针传弟子，桃李遍天涯。

舞苑凝情谊，程门度雪花。

谢师无所赠，持此代瑶华。

【注释】

① 张丹江：陕西省国际标准舞学会理事、国际级评审、国家级评审、国家Ａ级教师、国际标准舞学士。

② 金针：借指诀窍、方法。唐代诗人元好问有诗句："鸳鸯绣了从教看，莫把金针度与人。"

③ 程门度雪花：古人用"程门度雪""程门立雪"的典故，表示尊敬老师。

④ 瑶华：美玉。传说中的仙花。

七古

赠恩师樊福幸先生、陈惠兰女士

樊福幸先生、陈惠兰女士执教于西安星蓝舞蹈培训中心，余为学员，专习国际标准舞。慨叹年逾七旬，天生愚钝，朽木难雕。承蒙教练垂怜不弃，关爱有加，耳提面命，循循善诱，不吝示范，致使茅塞顿开，形体谐美。屡参赛事，遇挫尤奋，终于斩获金杯。饮水思源，不胜感荷，赋诗一首，聊表谢意。

福地兰薰舞翩跹，飘然下凡到如今。

含辛茹苦育桃李，推陈出新功力深。

淡泊名利襟怀广，惠心无私度金针。

有幸聆教终夺魁，樊楼讴歌表谢忱。

【说明】

这是一首嵌字诗。诗中镶嵌有"樊、福、幸、陈、惠、兰"六个字，恰好是两位教练的名字：樊福幸、陈惠兰。

樊福幸和陈惠兰都是陕西省国际标准舞学会常务理事，世界华人国际标准舞联合会国家级评审、WDC 国际级评审，世界华人国际标准舞联合会国家 A 级教师、中国体育舞蹈联合会国家级职业教师。

【注释】

① 福地：安乐之地，神仙所居之地。

② 兰薰（xūn）：兰花的香气。

③ 惠心：善良的心。

④ 度金针：比喻传授秘诀和技巧。

⑤ 夺魁：夺取第一名。这里指高振儒参加陕西省和西安市举办的国际标准舞比赛，荣获业余 B 组第一名（6 次）、业余 A 组第一句；参加"中国·西安体育舞蹈全国公开赛"，荣获标准舞职业新星组第一名。

⑥ 樊楼：宋朝京城（今河南省开封市）的著名酒楼。这里借指樊福幸居住的高楼。

⑦ 谢忱（chén）：感谢的心意。

七古

赠星蓝舞蹈培训中心优秀选手胡聪茹女士

（一）

婀娜仙女下凡尘，巧理家园苦到今。
彩蝶含情舒广袖，雅歌惊座绕余音。
人生如梦难预卜，舞苑夺魁皆仰钦。
老树绽花花似锦，自珍晚景抵千金。

（二）

十载风雨催人老，诗情画意凝舞中。
三气愚兄幸未死，九夺金杯乐无穷。

新秀如潮成砥柱，枯木逢春傲苍穹。

老骥自有千里志，驰骋舞苑振雄风。

七律

赠西京舞蹈俱乐部优秀选手刘侠女士

潼关紫气降天仙，如蝶翩跹恋蕊间。

伤感人生皆怅惘，漫谈哲理启愚顽。

哀怜红叶传幽意，惊见黄花绽玉颜。

难得寒衣凝厚谊，婵娟比翼舞云山。

【注释】

① 紫气：祥瑞的光气。传说紫气是帝王、圣贤或宝物出现的先兆。《列仙传》记载：潼关的长官看见紫气飘过潼关，果然老子骑青牛东来过潼关。

② 翩跹（piān xiān）：形容飞快地舞动。

③ 怅惘（chàng wǎng）：惘怅，迷惘。

④ 红叶：指红叶题诗的故事。相传唐代一宫女在树叶上题诗："一入深宫里，年年不见春。聊题一片叶，寄与有情人。"她将此叶放入水中流出宫外。诗人顾况拾得，并题诗和之。宫女的诗现镌刻在西安市大唐芙蓉园的石壁上，供游人欣赏。

⑤ 黄花：即菊花。

⑥ 玉颜：美好如玉的容颜。

⑦ 婵娟（chán juān）：姿态美好。

⑧ 比翼：翅膀挨着翅膀，齐飞。

⑨ 云山：形状像山峰的云彩。

七古

敬赠韩曾贵老师

曾追梦想力拼搏，虽贵依然恋教坛。
赤心恩泽惠桃李，我今敬师常思源。

【说明】

此诗是嵌字诗。诗中嵌有"曾贵恩师"四个字。

【注释】

①韩曾贵：1933年9月18日出生，浙江省杭州市人，中共党员，教授。1957年毕业于北京师范大学物理系。1958年任陕西师大附中副教导主任。历任多所重点中学校领导，1982年任陕西省教育厅中教处副处长兼西安中学校长，后任陕西外语师专及西安邮电大学党委书记。

②"曾追"句：他曾上初中两年，后辍学参加工作。新中国成立后，党和政府号召知识青年报考各类学校，投身祖国社会主义建设。他毅然辞职，以"头悬梁，锥刺股"的精神，发愤自学半年，于1953年考上北京师范大学物理系，实现了自己的梦想。他在陕西师大附中除担任物理教师外，主要负责高三毕业班的教育、教学工作。为了提高教学质量，他带领高三任课老师，顽强拼搏，奋发进取，终于在1961年和1963年获得全省高考升学率第一名和理工科个人第一名，以及1961年全省高考物理、俄语、历史三门学科平均成绩第一名的好成绩。

③"虽贵"句：他在中学和高校工作，虽然担任领导职务，但是始终坚持上课，从未中断。

祭文

痛悼先兄高振林先生

　　维公元二〇〇六年七月六日，愚弟振儒谨以果品、糕点、花篮、花圈之仪，致祭于先兄振林先生之灵前曰：

　　遽闻兄讣，失声而号。音容宛在，至感哀悼。草木凄凄，九霄素缟。哲人骑鹤，儒林慰吊。

　　哀我父母，子女八人。唯我愚钝，兄智超伦。负笈清华，英姿纶巾。沈阳理财，头角崭伸。兰州绛帐，授业谆谆。华池笔耕，文坛麒麟。咸阳治校，政声遥闻。筹建中专，帷幄茹辛。众望咸归，桃李满门。

　　我兄盛德，率真无瑕。谦虚敬业，勤俭传家。立党为公，气度云霞。心系台岛，两岸一家。

　　学贯中西，博古通今。治学严谨，著作等身。诗词曲赋，美如清醇。文人雅士，奉为家珍。

　　忆兄生平，命运多蹇。"文革"遭诟，妻女遣返。贫病潦倒，雄图难展。病魔缠身，日夜编纂。《大典》垂成，尚难雕版。

　　兄殁泉台，世有口碑。遗愿铭记，殚精竭思。九泉瞑目，权释萦思。爰抒胸臆，奠此哀辞。

【说明】

　　祭文用韵文写出，编撰此书时姑且作为诗歌，附于其他诗词之后。

【注释】

　　① 遽（jù）：急，仓猝。

　　② 讣（fù）：报丧，也指报丧的通知。

　　③ 缟（gǎo）：一种白色的丝织品。素缟，指丧服。在平

水韵中，"缟"可读上声，亦可读去声。

④ 骑鹤：指死亡。

⑤ 负笈（jí）：背着书箱去游学。这里指上学。

⑥ 清华：指清华大学。

⑦ 纶（guān）巾：古代配有青丝带的头巾。传说诸葛亮常戴此头巾。

⑧ 绛（jiàng）帐：红色的帐帷。东汉的大学问家马融，坐高堂，施绛纱帐，前授生徒，后列女乐。绛帐，是师长或讲座的代称。这里指高振林在西北民族学院（兰州）授课。

⑨ 华池：县名，在甘肃省。

⑩ 中专：指陕西省建材工业学校。

⑪ 率（shuài）真：直爽而诚恳。

⑫ 醇：指酒。

⑬ 蹇（jiǎn）：不顺利。

⑭ 大典：指《汉语对偶词大典》（高振林著）。

⑮ 雕版：指印刷出版。

⑯ 殁（mò）：死。

⑰ 泉台：墓穴，阴间。

⑱ 九泉：墓穴，阴间。

⑲ 爰（yuán）：于是。

祭文

痛悼先兄高振远先生

维公元 2017 年 6 月 5 日，愚弟振儒以诚挚简朴之仪，致祭于先兄振远之灵前曰：

惊闻电讯，顷刻心裂。天旋地崩，雷鸣雨咽。哲人西去，万人悲切。往事如昨，历历咨嗟。

兄诞京华，命运多蹇。倭犯华夏，四野烽烟。吾兄髫龄，随父播迁。众志成城，光复江山。

忆兄生平，才高志远。自幼聪颖，数理尤专。考入北航，追梦蓝天。三线建设，宏图大展。鞠躬尽瘁，众口誉赞。

仁兄率真，淡泊名利。忧国忧民，针砭时弊。冷对千夫，洒脱辩理。天鉴忠诚，口碑耸立。

兄之硕德，语焉难详。俭以传家，谦和不亢。爱怜弟妹，孝侍高堂。谆谆教子，均成栋梁。邻里瞩目，亲友景仰。

兄乃骄子，英俊绝伦。江河搏浪，宛如鲸鲟。酷好舞蹈，天赐神韵。翩翩起舞，天国招魂。安然祥和，含笑归真。

唯弟愚拙，承兄训释。诙谐谈笑，雅俗交织。聚少离多，甚感憾事。兄赴黄泉，遗愿铭之。功超德迈，洒然遗世。一樽致奠，泣涕陈辞。

【注释】

①高振远（1934年12月—2017年5月）：祖籍陕西省米脂县。1934年12月27日生于北京。卢沟桥事变后，随父西迁，经西安，至陕西省城固县，抗日胜利后，迁居西安。1953年考入北京航空学院（北京航空航天大学的前身，简称"北航"）航空发动机系。因鼻窦炎休学一年。1959年毕业后在410厂（沈阳军工厂）总机动科任技术员。1962年12月调入124厂（河南灵宝军工厂。该厂后来迁至郑州市，更名为郑州飞机设备公司），在机动科等单位任技术员，曾一度在该厂技校任教师。改革开放后，全国恢复职称评定工作，1982年6月他被聘为工程师。1986年11月办理病退手续，经营

民营企业。2017年5月30日不幸在郑州逝世，6月5日郑州飞机设备公司离退休管理处在郑州市殡仪馆隆重举行遗体告别仪式，对他作了高度评价："高振远同志在三十余年的工作历程中，热爱党、热爱祖国、热爱人民、热爱社会主义，拥护和支持改革开放，服从分配，勤奋敬业，任劳任怨，待人诚恳，为祖国的航空工业以及124厂的建设和发展做出了应有的贡献。"他有二子：高一敏、高一凡，学有所成。他有两个哥哥、两个妹妹、三个弟弟。他是高振儒的三哥。

② 维：用在文言文的句首或句中，是助词，没有实际意义。

③ 哲人：智慧卓越的人。

④ 历历：（物体或景象）一个一个清清楚楚的。

⑤ 咨嗟（zī jiē）：叹息。赞叹。

⑥ 京华：即京都。这里指北京。

⑦ 蹇（jiǎn）：不顺利。

⑧ 髫（tiáo）龄：童年。

⑨ 播迁：流离迁徙。流亡。

⑩ 三线建设：由于中苏交恶，而且美国在中国的东南沿海加强了兵力，1964年至1978年中国政府进行了一场以战备为指导思想的大规模国防、科技、工业和交通基本设施的建设。根据战略地位的重要性，划出三道线。沿海为第一线，中部为第二线，后方为第三线。

⑪ 率真：直爽而诚恳。

⑫ 洒脱：（言谈、举止、风格）自然。

⑬ 硕（shuò）德：人的最高品德。大节。

⑭ 亢（kàng）：高。高傲。

⑮ 高堂：父母。

⑯ 鲸鲟：鲸鱼和鲟鱼。

⑰ 归真：佛教把人去世称为归真。

⑱ 洒然：洒脱，自然。

⑲ 功超德迈：功劳大，品德高。

⑳ 樽（zūn）：古代盛酒的器具。

重振诗国雄风

——诗词格律讲座

诗词是中国文化的瑰宝，是汉文字所特有的艺术形式，是韵文中一朵美丽的奇葩。它的节奏美、韵律美、意境美，独树一帜。

几千年来，我国涌现了无数诗人和脍炙人口的佳作。尤其在唐代达到了巅峰。著名诗人灿若群星，上乘之作不胜枚举。词在宋代是最繁荣的时期。许多词人才华横溢，颇负盛名。名篇雅什，或豪放激越，或婉约缠绵，足以震矜一代。

一、重振诗国雄风

（一）诗歌的定义

《尚书·尧典》："诗言志，歌永言。"《毛诗·序》作了进一步的阐述："诗者，志之所之也。在心为志，发言为诗。情动于中而形于言。言之不足，故嗟叹之；嗟叹之不足，故永歌之；永歌之不足，不知手之舞之足之蹈之也。"郭沫若先生在《诗歌底创作》（1941 年）中指出，这是关于诗歌的"一个很周到的定义"。

郭沫若先生说："诗的本质专在抒情。"他又说："诗歌的形式当用以抒情。"《诗经》的首篇《关雎》是一篇脍炙人口的情诗。王勃的《送杜少府之任蜀州》，抒发了依依惜别的友情。李白的《静夜思》吟咏了游子怀乡的真挚情感。文天祥《过零丁洋》的诗句"人生自古谁无死，留取丹心照汗青"是流芳千古的爱国名句。

诗人要敢爱敢恨，胸次凝正气。明代诗人谢榛说："赋诗要有英雄气象。人不敢道，我则道之；人不肯为，我则为之；厉鬼不能夺其正，利剑不能折其刚。"这样直抒胸臆的诗篇，才能声若金石，震烁千古。

（二）诗的源泉

华夏素有"诗国"之誉。《诗经》文采斑斓，是诗歌的源泉。《楚辞》翰藻瑰丽，舒徐婉转，后世奉为楷模。屈原忧伤国事，情凝《离骚》。它的"逸响伟辞，卓绝一世，后人惊其文采，相率仿效"。

孔子对诗很重视。他说："不学诗，无以言。"他把《诗经》披删后，定为305篇。《诗经》和《楚辞》使我国诗坛兴起了现实主义和浪漫主义思潮。

（三）诗的思想性和艺术性

思想性和艺术性，是评价诗的两个标准。现代诗人臧克家说："诗要反映时代精神，反映人民生活。"我们写诗，要为新时代中国特色社会主义服务，要歌颂"真、善、美"，讽刺"假、恶、丑"。缺乏艺术性的艺术品，无论政治上怎样进步，也是没有力量的。诗贵意新，诗贵情真，诗贵自然，诗贵含蓄，诗贵语纯，诗贵字奇，诗贵有余味。

诗词是中华诗歌的突出代表，至今仍有强大的生命力。它主要有六大功能：教育的作用、激励的作用、交际的作用、歌颂的作用、讽刺的作用、陶冶的作用。

现在有些青年男女用诗词征婚。例如，

某女求偶诗

千里来梅寄此生，欲从文字结姻缘。

抽针待绣双飞鸟，握笔思描并蒂莲。

身节敢夸同月亮，心芳还喜比金坚。

无端爱读唐人句，只选鸳鸯不选仙。

（高振儒点评：①此诗第一句是"仄起首句入韵式"，所以第一句的句尾必须押韵，但是它没有押韵。这是瑕疵。②此诗第三、四句的意义雷同，犯了"合掌"的毛病，也是瑕疵。从整体上看，这首诗还是不错的，瑕不掩瑜。）

七律·戏答求偶诗步其原韵

高振儒

报载广东某女以诗求偶，魏义友先生捷足和诗。

诸友怂恿，吾遂趋步戏答，以博一哂，然非本意也。

坦腹兰亭漫抚弦，寄情山水且随缘。

临窗总怯仙人掌，舒目犹钟凤眼莲。

月夜诗雄残烛冷，杏坛春暖艳枝坚。

红颜莫叹知音少，今有登徒是谪仙。

（四）重振诗国雄风

诗词曾经有过十分辉煌的历史。"五四运动"提倡新诗（白话诗），传统诗词受到冲击。新中国成立以后，由于某些因素的影响，传统诗词处于压抑状态。党的十一届三中全会以后，传统诗词迎来新春。各省（市）的诗词学会相继成立。海内外有识之士指出，目前诗词队伍里中青年人太少，存在断层危机。有些人不懂诗词格律，写出的作品却冠以五绝、七绝、五律、七律、西江月、满江红、沁园春等，使人啼笑皆非。中国科学院院士杨叔子先生高瞻远瞩，力主："让中华诗词大步走进大学校园。"学者疾呼："从小学起就进行诗词教育。"凡此宏论，功在当代，利及千秋，寰球诗友为之雀跃。

在实现伟大中国梦的征程中，我们要以习近平新时代中国特色社会主义思想为指导，继承和发扬国学，重振诗国雄风。陕西是唐诗的故乡，三秦学子责无旁贷。

诗词格律是历代诗（词）人在长期创作实践中形成的声律方面的程式和规则。平仄的程式能使诗词产生抑扬之美，用韵规则能使诗词具有回环之美，而对仗的讲究又能使诗词显现整齐之美。所以研究诗词，必须研究它的格律。词是诗的别体，只要诗的格律懂了，词的格律也就容易学。所以我们着重讲诗的格律。关于诗的押韵，《平水韵》和《中华新韵》我们都要涉及，对于初学者，可以先掌握如何依据《中华新韵》写诗词。新韵有多种学派，比如18韵、14韵、13韵、11韵、10韵等。这里暂且推荐历史悠久、影响较大的《中华新韵》（18韵）。

（五）写诗词并不难

诗词是高雅的文学，其实写诗填词并不难。

唐代的骆宾王七岁能写诗《咏鹅》："鹅，鹅，鹅，曲项向天歌。白毛浮绿水，红掌拨清波。"此诗流传千古。

唐代的李贺，六、七岁能吟诗作对，后来成为伟大的诗人，有"诗鬼"之称。

文学家善于写诗词，其他职业的人也能够写出优秀的诗词。农民起义领袖刘邦和项羽的诗备受推崇。

大风歌

刘邦

大风起兮云飞扬，威加海内兮归故乡。安得猛士兮守四方。

垓下歌

项羽

力拔山兮气盖世，时不利兮骓不逝。骓不逝兮可奈何，虞兮虞兮奈若何！

军事家岳飞的《满江红》，激昂慷慨，气壮山河，是历代传诵的名篇。

理工科的学子写诗词，具有得天独厚的优势：语言简练、逻辑性强。

古今科学家博学强记，毫墨淋漓。诗词意境高远，感情真挚，风格迥奇，使人耳目一新。张衡是汉代数学家、天文学家、地理学家和制图学家。他的《四愁诗》是中国诗歌史上第一首成熟的七言诗。他还是卓越的辞赋家。《东京赋》《西京赋》被誉为千古绝唱。三国时期的数学家王粲，乃"七子之冠冕"，与曹植并称。金代数学家李冶，文采风流，与文学家元好问齐名，世称"元李"……现代科学家的诗词，精神境界崇高，艺术造诣精湛。杨振宁、顾毓琇、苏步青、李仪祉、竺可桢、李四光、茅以升、王绶琯、杨叔子、胡先骕等人，以深长之思，发大雅之音。或鼓角临风，气吞残虏；或针砭时弊，礼赞新风；或遣情山水，眷恋故土；或长亭折柳，千里怀人；或吊古抚今，咏物寄志；或香闺忆别，霜塞

157

鸣筇。读之，如玉落珠盘，令人回肠荡气，一唱三叹！

现在各行各业喜爱诗词的人们日益增多，练习写作的诗友队伍蔚然壮观，杰出的作品犹如雨后春笋，层出不穷，一派生气勃勃的繁荣景象。

二、诗歌的种类

我国的诗歌浩如烟海，很难分门别类，只能列举若干类型。

（一）民歌

我国的民歌有着悠久的传统。远在原始社会，我们的祖先在狩猎、搬运、祭祀、娱神、仪式、求偶等活动中开始了他们的歌唱。上古文献记录了一首《弹歌》："断竹，续竹；飞土，逐肉。"它概括地描写了原始时代狩猎的全过程。

《诗经》是我国最早的诗歌总集，现存305篇（另外还有6篇称为笙诗，只有题目，而无内容）。《诗经》的《周颂》中有6篇不押韵。《诗经》中的《国风》便是北方15个地区的民歌。

各个朝代都有许多优秀的民歌问世。

民歌的形式比较自由，不讲究平仄、对仗，但是它基本上都是押韵的。

陕西民歌有许多优秀篇章。例如陕北民歌《东方红》，安康民歌《我来了》："天上没有玉皇，地上没有龙王。我就是玉皇，我就是龙王。喝令三山五岳开道，我来了。"陕北《信天游》在一般情况下是两句押一个韵，但有时候，有些诗句不押韵。例如，著名诗人李季创作的信天游《王贵与李香香》：

王贵与李香香

公元一九三〇年，（an）

有一件伤心事出在三边。（an）

人人都说三边有三宝，（ao）

穷人多来富人少；（ao）

一眼望不尽的老黄沙，（a）

哪块地不属财主家？（a）

一九二九年雨水少，（ao）

庄稼就像炭火烤。（ao）

瞎子摸黑路难上难，（an）

穷汉就怕闹荒年。（an）

…………

（以下六句不押韵）

崔二爷来胡打算，（an）

修寨子买马又招兵（ing）

地主豪绅个个凶，（ong）

崔二爷是个大坏蛋。（an）

庄户人个个想吃他的肉，（ou）

狗儿见他也哼几哼。（eng）

…………

（二）藏头诗

《水浒》第61回，吴用诱使卢俊义在墙壁题反诗：

芦花丛里一扁舟，俊杰俄从此地游。

义士若能知此理，反躬逃难可无忧。

第62回，吴用给管家李固讲述卢俊义题的反诗是：

芦花荡里一扁舟，俊杰那能此地游。

义士手提三尺剑，反时须斩逆臣头。

藏头诗的每句第一字恰好组成一句话:"芦(卢)俊义反。"

又如,

赠冯淑郁

高振儒

冯宅腊梅开,淑女望瑶台。

郁香飘墙外,君似花神来。

又如,

敬赠韩曾贵老师

高振儒

韩柳文笔动地天,曾洒甘露育状元。

贵德感人传四海,师门桃李春满园。

(每句第一字组成:韩曾贵师。)

(三)嵌字诗

嵌字诗

〔清〕王尔烈

六曲凭栏九曲溪,尺书五夜寄辽西。

银河七夕秋填鹊,玉枕三更冷听鸡。

道路十千肠欲断,年华二八发初齐。

情波万丈心如一,四月山深百寸啼。

(诗中嵌:一、二、三、四、五、六、七、八、九、十、百、千、万。)

嵌字诗

〔明〕王阳明

象棋在手乐悠悠,车被严亲一旦丢。

兵卒堕河皆不救,将军溺水一起休。

马行千里随波去,士入山川逐波流。

炮响一声天地震，相若心头为人揪。

（此诗从网上下载，可能个别字与原诗有出入。）

（诗中嵌：将、士、相、象、马、车、炮、卒、兵。）

传说王阳明幼时痴棋而寝食皆废，母将棋子丢入河中，因有此诗。

敬赠韩曾贵老师

高振儒

曾追梦想力拼搏，

虽贵依然恋教坛。

赤心恩泽惠桃李，

我今敬师常思源。

（诗中嵌有"曾贵恩师"四个字。这四个字排在一条斜线上。）

（四）一字冠顶诗

诗的每句第一个字是一。

一字冠顶诗

高振儒

一吟一咏儒士风，一张一弛乐融融。

一笑置之任千夫，一身是胆敢屠龙。

一尘不染情高雅，一波三折总从容。

一往深情恋故土，一寸丹心映烛红。

（五）一字诗

诗中多处有"一"字。

自况

高振儒

一琴一剑一凡夫，一片冰心在玉壶。一世清贫无一爵，一丝不苟一寒儒。

古谣

〔唐〕王建

一东一西垄头水，一聚一散天边路。一去一来道上客，一颠一倒池中树。

题秋江独钓图

〔清〕王士禛

一蓑一笠一扁舟，一丈丝纶一寸钩。一曲高歌一樽酒，一人独酌一江秋。

一字诗

〔清〕纪晓岚

一篙一橹一渔舟，一个艄公一钓钩。一拍一呼还一笑，一人独占一江秋。

一字诗

〔清〕陈沆

一帆一桨一扁舟，一个渔翁一钓钩。一俯一仰一场笑，一江明月一江秋。

青岛崂山钓鱼台的"一字诗"

一蓑一笠一髯翁，一丈长竿一寸钩。一山一水一明月，一人独钓一海秋。

一字诗

〔清〕何佩玉

一花一柳一鱼矶，一抹斜阳一鸟飞。一山一水一禅寺，一林黄叶一僧归。

咏四大美人

无名氏

西施

一颦一笑一捧心，一国倾废一霎间。一船一桨一生伴，一日归来一湖烟。

王昭君

一车一马一路尘，一鸣秋鸿一缕魂。一曲一唱一声怨，一月空照一丘坟。

貂蝉

一计一献一连环，一朝兴亡一唏嘘。一笔一纸一方砚，一段风流一段书。

杨玉环

一喜一悲一相对，一串荔枝一串泪。一诗一吟一梦里，一朝酒醒一朝醉。

（六）数字诗

文人墨客把枯燥的数字巧妙地用到诗文里，就会产生意想不到的效果。

蒙学诗（山村咏怀）

〔宋〕邵　雍

一去二三里，烟村四五家。亭台六七座，八九十枝花。

（说明：另一版本是"楼台六七座"。）

吟雪诗

〔明〕徐文长

一片一片又一片，二片三片四五片。六片七片八九片，飞入红尘都不见。

数字诗

引自《红楼梦》

一笔好字，二等才情，三斤酒量，四季衣服，五子围棋，六出昆曲，七字歪诗，八张纸牌，九品头衔，十分和气。

给泥菩萨画像

无名氏

一声不响，二目无光，三餐不食，四肢无力，五官不正，六亲不认，七窍不通，八面威风，久（九）坐不动，十分无用。

毛泽东曾用此诗讽刺官僚主义者。

怨郎诗

司马相如和卓文君是西汉的一对才子佳人。传说婚后，司马相如为皇帝所重用，久居京城，曾有遗弃之意。卓文君在信中写了一首数字诗〔内含一、二（两）、三、四、五、六、七、八、九、十、百、千、万、万、千、百、十、九、八、七、六、五、四、三、二、一〕，抒发了离愁苦、悲愤情，深深地打动了司马相如，使其回心转意，和好如初。其诗是：

一别之后，两地相悬，只说是三四月，又谁知五六年，七弦琴无心弹，八行书无可传，九连环从中折断，十里长亭望眼欲穿，百思想，千系念，万般无奈把郎怨。万语千言说不完，百无聊赖十倚栏，重九登高看孤雁，八月中秋月圆人不圆，七月半烧香秉烛问苍天，六月伏天人人摇扇我心寒，五月石榴如火，偏遇阵阵冷雨浇花端，四月枇杷未黄我欲对镜心意乱，忽匆匆，三月桃花随水转，飘零零，二月风筝线儿断，唉！郎呀郎，巴不得下一世你为女来我为男。

（注：这首诗有不同的版本，个别字不相同。）

（七）回文诗

回文诗·春景

高振儒

穹苍恋燕百回眸，飒飒风鸣笛曲柔。

丛草拥花迎俏蝶，群蜂弄叶逗娇鸠。

红霞晚照千山峙，绿水细窥双鹭游。

枫慕亭坛花伴柳，中湖戏桨荡轻舟。

说明：回文诗可以顺读，也可以如下倒读（从最后一个字倒着读到第一个字）：

舟轻荡桨戏湖中，柳伴花坛亭慕枫。

游鹭双窥细水绿，峙山千照晚霞红。

鸠娇逗叶弄蜂群，蝶俏迎花拥草丛。

柔曲笛鸣风飒飒，眸回百燕恋苍穹。

（八）一言诗，二言诗……十言诗

1. 一言诗

一言诗，指的是诗有若干句，而每句只有一个字。这样的一言诗，古代还没有。

《吴志》历阳山石文：

　　　　楚，

　　　　九州渚；

　　　　吴，

　　　　九州都。

　　这首诗虽然第一句和第三句都是一个字，但是第二句、第四句都不是一个字，所以这首诗不能称之为一言诗。"楚"和"吴"只是一言诗句。

　　现在有诗友尝试写一言诗。例如，

酒

刘　侠

　　　　酒，

　　　　香。

　　　　醉，

　　　　狂。

　　这首诗有四句，每句只有一个字，所以这首诗称之为一言诗。

2.二言诗

　　二言诗是中国古代诗歌最早的样式。文献里记载的二言诗最早的是黄帝时期的《弹歌》，出自《吴越春秋》：

　　　　断竹，续竹，

　　　　飞土，逐肉。

　　二言诗的代表作：

咏雄州

　　　　雄州，古地。

　　　　业兴，人旺。

多杰，擅辞。

古今，娇子。

名扬，内外。

3. 三言诗

三言诗形成的历史很早。《诗经》中虽然有许多三言诗句，但是没有通篇整齐的三言诗。汉代是三言诗发展的重要时期，出现了《天马歌》（汉武帝刘彻作）、《安事房中歌》（唐山夫人作）、《练时日》（无名氏作）等比较成熟的作品。所以有学者认为三言诗始于西汉。到了晚清，汪运写了一首出色的三言诗《侠客行》，值得重视。这里仅介绍《天马歌》（之一）：

天马歌

〔汉〕刘彻

太一况，天马下，沾赤汗，沫流赭，志俶傥，精权奇，茶浮云，晻上驰，驱容与，泄万里，今安匹？龙为友。

4. 四言诗

《诗经》中虽然杂有三、五、七、八、九言之诗句，但基本上是四言诗。四言体盛于西周。西汉虽有五言体兴起于民间歌谣，但文人之作，大体还是用四言体。韦孟的《讽谏诗》可为代表。东汉之后，五言诗很快取代了四言诗的地位。曹操的四言诗《步出夏门行·龟虽寿》，人们至今吟诵不绝。

步出夏门行·龟虽寿

曹操

神龟虽寿，犹有竟时。腾蛇乘雾，终为土灰。老骥伏枥，志在千里。烈士暮年，壮心不已。盈缩之期，不但在天。养怡之福，可得永年。幸甚至哉，歌以咏志。

5. 五言诗

五言诗是我国古典诗歌的主要形式。它和其他诗歌形式一样，都是从民间产生的。《诗经》中已有五言诗的萌芽。例如，在《行露》《北山》中，夹杂有一些五言诗句。

五言诗是每句五个字的诗体。它作为一种独立的诗体，大约起源于西汉。及至西汉，五言的歌谣、谚语越来越多，而在东汉末年趋于成熟。现存最早的文人五言诗，是东汉班固的《咏史》。

历史上的诗歌总量，以五言诗为最多。唐代诗人写有大量的五言古风、五言绝句和五言律诗。李白、杜甫等人的诗作备受后人推崇，在此不一一列举。

6. 六言诗

古今六言诗极少。在《诗经》中已有萌芽，只不过是一些六言诗句散见于《诗经》而已。

相传六言诗始于西汉的谷永，一说始于东方朔，但是他们的六言诗并未流传下来。现在所能见到的六言诗，以东汉末孔融的作品为最早。

唐代的六言诗有古体诗和律体诗，但都不甚流行。六言诗体以格调苍劲、浑朴为佳。唐代有些诗人写的六言诗很精致，例如鱼玄机的《隔汉江寄子安》：

江南江北愁望，相思相忆空吟。鸳鸯暖卧沙浦，鹡鸰闲飞橘林。烟里歌声隐隐，渡头月色沉沉。含情咫尺千里，况听家家远砧。

7. 七言诗

《诗经》《楚辞》中已有七言诗句。

相传汉武帝曾会聚群臣作柏梁台七言联句，但据后人考证，实系伪托，并不可靠。西汉的东方朔和刘向都有七言诗作，只是没有流传下来。

曹丕的《燕歌行》是现存的第一首文人创作的完整七言诗。他把七言形式与乐府旧体相结合，创造了一个全新的七言诗。

直到唐代，七言诗才真正发达起来，有七言古风、七言绝句、七言律诗等形式，涌现出诗仙李白、诗圣杜甫、诗鬼李贺等杰出的诗人。

8. 八言诗

《诗经》偶有八言诗句，这只是八言诗的萌芽。东汉蔡琰的《胡笳十八拍·第六拍》是八言诗，其诗是：

冰霜凛凛兮身苦寒，饥对肉酪兮不能餐。夜闻陇水兮声呜咽，朝见长城兮路杳漫。追思往日兮行李难，六拍悲来兮欲罢弹。

严格地说这首诗还不能称之为八言诗，因为每句都有一个古汉语助词"兮"。唐代有人写八言诗，据赵翼《顺余丛考》所言，完整的八言诗者，仅唐人卢群一人而已。其诗是《吴少诚席上作》：

祥瑞不在凤凰麒麟，太平须得边将忠臣。但得百僚师长肝胆，不用三军罗绮金银。

在唐、宋、元、明的诗歌中，却罕见全章八言的诗作。清代的翟灏有意识地创作八言诗，亦未获得发展。自古以来传世的八言诗很少，恐怕不足100首。

9. 九言诗

春秋战国时已出现九言诗句为主的诗歌，它只是九言诗的萌芽。

据说九言诗体是三国时期魏主曹髦所开创的，但是他的九言诗并没有流传下来。

现存最早、形式较完备的九言诗是东汉的蔡琰《胡笳十八拍·第七拍》：

日暮风悲兮边声四起，不知愁心兮说向谁是。

原野萧条兮烽戍万里，俗贱老弱兮少壮为美。

逐有水草兮安家葺垒，牛羊满野兮聚如蜂蚁。

草尽水竭兮羊马皆徙，七拍流恨兮恶居于此。

但是此诗每句都有古汉语助词"兮"，因此它还不是真正意义上的九言诗。

南朝时期宋朝的谢庄有《歌白帝》是最早的一首完整的九言诗。这首诗是：

百川如镜天地爽且明，云冲气举德盛在素精。木叶初下洞庭始扬波，夜光彻地翻霜照悬河。庶类收成岁功行欲宁，浃地奉渥馨宇承秋灵。

10. 十言诗

十言诗古代也有，但全诗都用十言的很难见到。先秦无名氏所作《吴越春秋·离别相去辞》，全诗八句，其中只有四句是十言诗句。这首诗是：

跞躁摧长恐兮擢载趹敔，

所离不降兮泄我王气苏，

三军一飞降兮所向皆殂，

一士判死兮而当百夫，

道祐有德兮吴卒自屠，

雪我王宿耻兮威振八都，

军伍难更兮势如貔貙，

行行各努兮于乎于乎。

唐代王维的一些诗虽然列入十言诗，其实也可看作五言诗。例如，《扶南曲歌词五首》（选一）：

翠羽流苏帐春眠曙不开，

羞从面色起娇逐语声来，

早向昭阳殿君王中使催。

（九）古体诗和格律诗

现在所说的旧体诗，包括唐代以后的古体诗（又称为古诗或古风）和格律诗（又称为近体诗或今体诗）。它有别于"五四运动"以后产生和发展起来的新诗（即白话诗）。

旧体诗如何分类？各家的分法不尽相同。为了简明，可如下划分：

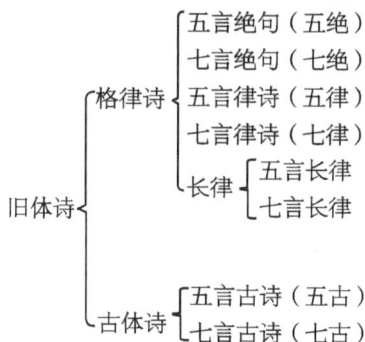

```
                    ┌ 五言绝句（五绝）
                    │ 七言绝句（七绝）
             格律诗 ┤ 五言律诗（五律）
                    │ 七言律诗（七律）
                    │        ┌ 五言长律
旧体诗 ┤            └ 长律 ┤ 七言长律
                             └ 七言长律

             古体诗 ┤ 五言古诗（五古）
                    └ 七言古诗（七古）
```

注意：

（1）长律，也称为排律。由于篇幅所限，这里不作介绍。

（2）还有一种杂言诗，诗句的长短不一致。例如：

1）诗中主要是七字句以及三字句、五字句，偶然也有四字句、六字句，以及七字以上的句子。

2）诗中的长短句完全没有七字句。

171

对于这两种情况的杂言诗，都可以归类为七言古诗。

杂言诗的句子长短不受拘束，首先给人一种奔放的感觉。最擅长杂言诗的诗人是李白，他的作品有《蜀道难》等。梁启超的杂言诗《二十世纪太平洋歌》，主要是七字句，杂有三字句、四字句、五字句、六字句、八字句、九字句、十字句、十一字句、十三字句、十五字句、十九字句。

三、旧体诗的三个基本要素

王力先生是全国著名语言学家，他说："**假如我们学写旧体诗词，就应该以格律为准绳，而不能以突破束缚为借口，完全不讲韵律和平仄。**"

旧体诗有三个基本要素：押韵、平仄和对仗。

（一）押韵和平仄

1. 平水韵

古人写诗是依据韵书来押韵的。通常用的韵书是《平水韵》（有 106 韵）。它是金代王文郁（他的官职是"平水书籍"）所著的《平水新刊韵略》（1229 年），有 106 韵。也有学者认为《平水韵》指的是南宋江北平水人刘渊著的《壬子新刊礼部韵略》（1252 年），有 107 韵。

《平水韵》与隋代的《切韵》、唐代的《唐韵》、北宋的《广韵》是一脉相承的。王力先生认为："唐人用韵，实际上用的是《平水韵》。"到了清代，《平水韵》修订为《佩文诗韵》。现在所说的"旧诗韵"，习惯上指的是《平水韵》或《佩文诗韵》。本书附录一有《平水韵（佩文诗韵）常用字表》，以便读者对《平水韵》

有初步的了解。

随着时代的变迁，有些字的读音发生了变化。有时候我们读古人的诗，觉得好像不押韵，其实它们在古代是押韵的。我们查一下《平水韵》就知道了。例如，

寻隐者不遇

〔唐〕贾岛

松下问童子，言师采药去。

只在此山中，云深不知处。

按照普通话的读音，"去"和"处"不押韵。但是按照古音，它们在《平水韵》里都属于去声〔六御〕韵，所以它们是押韵的。又如，

登乐游原

〔唐〕李商隐

向晚意不适，驱车登古原。

夕阳无限好，只是近黄昏。

按照普通话的读音，"原"和"昏"不押韵。但是按照古音，它们在《平水韵》里都属于上平声〔十三元〕韵，所以它们是押韵的。

2. 中华新韵

《平水韵》有106韵，韵部分得很细，作诗依照它押韵，本来就有难度。随着时代的变迁，语音也发生了变化，无疑给现代人写旧体诗又增加了难度。所以"五四运动"以后，诗人和语言学家要求"诗韵革命"，提出了"作旧诗，押新韵"的主张。

1934年全国著名语言学家黎锦熙、白涤洲两先生编著《国音分韵常用字表》，先由佩文斋（人文书店的前身）出版，故又名《佩文新韵》（18韵）。1941年

修订后，改书名为《中华新韵》（18韵），由教育部核定颁行。它可以看作是一部官修的韵书。1950年出版《中华新韵》增注本。1965年把《中华新韵》改名为《诗韵新编》，仍为18韵，由中华书局出版。1978年上海古籍出版社将此书修订后重印，书名仍为《诗韵新编》（18韵）。人们习惯上把《诗韵新编》仍称为《中华新韵》。

《中华新韵》的18韵部是：

① 麻　② 波　③ 歌　④ 皆　⑤ 支

⑥ 儿　⑦ 齐　⑧ 微　⑨ 开　⑩ 模（姑）

⑪ 鱼　⑫ 侯　⑬ 豪　⑭ 寒　⑮ 痕

⑯ 唐　⑰ 庚　⑱ 东

（注：《诗韵新编》把《中华新韵》的"10模"改为"10姑"。）

本书在附录二有《中华新韵（诗韵新编）常用字表》，以便读者对《中华新韵》有初步的了解。

3. **什么是韵**

王力先生说："诗词中所谓韵，大致等于汉语拼音中所谓韵母。大家知道，一个汉字用拼音拼起来，一般都有声母，有韵母。例如'公'字拼成 gōng，其中 g 是声母，ōng 是韵母。"

韵和声调是密切相关的。

4. **声调和平仄**

（1）古代汉语的声调和平仄。

古代汉语的声调有四个：平声、上（shǎng）声、去声和入声。

按照传统的说法，平声是中平调，上声是升调，去声是降调，入声是短促调。

《康熙字典》载有一首歌诀《分四声法》（即明代僧人释真空的《玉钥匙歌诀》）：

平声平道莫低昂，上声高呼猛烈强。

去声分明哀远道，入声短促急收藏。

学者认为这种叙述不够科学，但也能反映古代四个声调的大概。

古人又把四个声调分为平、仄两大类。平，就是平声。仄，就是上、去、入三个声调。

（2）普通话的声调和平仄。

现代普通话的声调有四个：阴平（即一声）、阳平（即二声）、上（shǎng）声（即三声）和去声（即四声）。这四个声调又分为平、仄两大类。平，就是阴平（一声）和阳平（二声）。仄，就是上声（三声）和去声（四声）。阴平（一声）和阳平（二声）都是平声，所以可以通用。

5. 古今四个声调的关系

（1）古代的平声转化为普通话的阴平和阳平（即一声和二声）；

（2）古代的上声，有一部分仍是普通话的上声，有一部分转化为普通话的去声；

（3）古代的去声在普通话里仍是去声；

（4）普通话没有入声。古代的入声转化为普通话的阴平（一声）、阳平（二声）、上声（三声）和去声（四声）。

请看下列古今四个声调关系图：

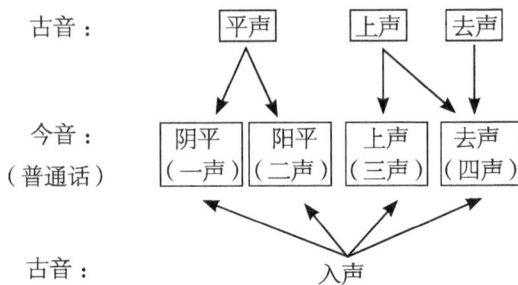

古今四个声调关系图

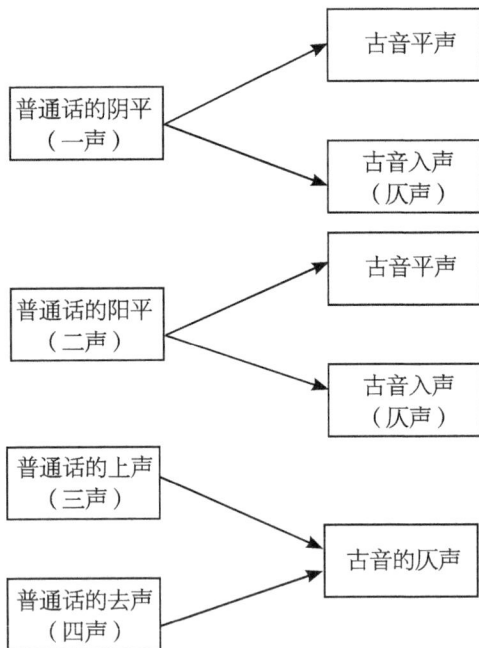

普通话的声调推测古音的平仄

现在有些方言仍保留入声，比如江苏、浙江、福建、广东、广西、江西、山西（晋中、晋北）、内蒙古和陕北等地。

由古至今，语音发生了变化。现代人判断古代诗歌（或今人写的旧体诗）每个字的平仄就有了困难。

根据"古今四个声调关系图"，我们可以得出如下结论：

（1）某字如果用普通话读，是仄声（三声、四声），则可断定这个字的古音一定是仄声（不管它是不是入声）。

（2）某字如果用普通话读，是平声（一声、二声），则这个字的古音可能是平声，但是也可能是入声（属于仄声）。这时我们可能会误判古音的平仄。这是一个难点。下面介绍解决这个难点的办法。

如何识别普通话的平声字（一声、二声）是不是古音的入声字呢？

方法一（查入声字表）：如果古诗某个常用字的普通话是平声（一声、二声），我们查《平水韵》的入声字表，入声字表里有这个字，那么这个字的古音就是入声，属于仄声。如果入声字表里没有这个字，那么这个字的古音就是平声。这个方法比较麻烦、费事。

〔注意：如果古诗某字的普通话是仄声（三声、四声），我们不用查入声字表，就可以断定这个字的古音一定是仄声。〕

方法二（与方言对照）：懂方言的人用这个方法比较便利。这里所说的方言，指的是至今仍保留入声的方言，比如，陕北、晋中、晋北等。注意："平声平道莫低昂，……，入声短促急收藏。"王力先生说："平声是没有升降的，较长的。"

（1）古诗的某字用普通话读，是阴平（一声）或阳平（二声），声调是可以拖长的，用方言读，如果声调也可以拖长，则可以断定，这个字的古音是平声。

（2）古诗的某字用普通话读，是阴平（一声）或阳平（二声），声调是可以拖长的，但是用方言读，如果声调极为短促，不能拖长，则可以断定这个字的古音是入声，属于仄声。

注意：古诗的某字用普通话读，是仄声（三声、四声），我们不用对照方言，就可以断定这个字的古音一定是仄声。

我们用方法一或方法二，可知"白、日、入、欲、目、不、磅、礴、拍、铁、雪"这些字是入声。

现在读者试给以下两首诗的每个字标上古音的平仄。平声可用记号"—"表示，仄声可用记号"|"表示。

登鹳雀楼

〔唐〕王之涣

白日依山尽，黄河入海流。

欲穷千里目，更上一层楼。

七律·长征

毛泽东

红军不怕远征难，万水千山只等闲。

五岭逶迤腾细浪，乌蒙磅礴走泥丸。

金沙水拍云崖暖，大渡桥横铁索寒。

更喜岷山千里雪，三军过后尽开颜。

178

6. 用《中华新韵》作旧体诗，如何确定平仄

《中华新韵》（18 韵）依据普通话，把每个韵部分为四个声调：阴平（一声）、阳平（二声）、上声（三声）和去声（四声）。又把四个声调分为平、仄两大类：平，就是阴平（一声）和阳平（二声）。仄，就是上声（三声）和去声（四声）。平声的记号是"一"，仄声的记号是"|"。我们依据普通话，用《中华新韵》给下列诗标出平仄。

于右任书法流派展览
（用新韵）
霍松林

推翻专制破群蒙，余事优参造化功。

豪迈情思惊虎豹，神奇符号走蛟龙。

千秋史书开新派，一代骚坛唱大风。

春满乡邦桃李放，争挥健笔颂髯公。

7. 什么是同韵字

我们先看杜牧的诗《泊秦淮》：

烟笼寒水月笼沙，夜泊秦淮近酒家。

商女不知亡国恨，隔江犹唱后庭花。

这首诗之所以押韵，是因为"沙、家、花"这几个字是同韵字。

什么是同韵字？若干个字的汉语拼音中的韵母相同，而且韵母的声调一般还要相同；那么这些字就是同韵字，在诗词中可以押韵。《平水韵》的每个韵部里的字都是同韵字。

如果用《平水韵》作诗，比如，"东"可以和"红、中、同、雄"押韵，因为在古音中，它们的韵母相同，

而且声调相同，都是平声，它们是同韵字。但是"东"不能和"孔、总、众、送"押韵。虽然在古音中它们的韵母相同，但是它们的声调不同。"东"是平声，"孔、总"是上声，"众、送"是去声。上声和去声都属于仄声。它们不是同韵字。

如果用《中华新韵》作诗，"蛙"可以和"沙、巴、茶、麻"押韵。因为它们的韵母相同，都是 a，而且都是平声。"沙、巴"是阴平（一声），"茶、麻"是阳平（二声），它们是同韵字。但是"蛙"不能和"马、雅、大、怕"押韵。虽然它们的韵母相同，都是 a，但是它们的声调不同。"蛙"是阴平（一声），属于平声，"马、雅"是上声（三声），属于仄声，"大、怕"是去声（四声），属于仄声，所以"蛙"和它们不是同韵字。

1934 年鲁迅先生提出了"押大致相近的韵"的主张。响应者有之。于是纷纷合并相近的韵，出现了十韵、十四韵等论述。

1984 年陕西师范大学高元白教授另辟蹊径，编著《新诗韵十道辙儿》（10 韵），由陕西人民出版社出版。他的论述得到黎锦熙先生的充分肯定和赞扬。黎先生在给高先生的复信中赋诗一首：

《十韵》从宽我赞成，《八龙》删并要分明。

韵书本在通文质，音典还须酌古今。

在这里我们对高先生的论述不作介绍。

2005 年 5 月中华诗词学会（民间学术组织）颁布《中华新韵》（14 韵）：

①麻　②波　③皆　④开　⑤微

⑥豪　⑦尤　⑧寒　⑨文　⑩唐

⑪庚　⑫齐　⑬支　⑭姑

它是征求意见稿，不是官方文件，供诗友试用。

现在流行最广的新韵是黎锦熙和张涤华编著的《中华新韵》(18韵)，即《诗韵新编》。它是经当时的教育部核定颁行的。

（二）对仗

1. 什么是对仗

对仗就是对偶，把字数相等、意思相关、结构相同（或相近）的两个句子对称地排列在一起。上句叫出句，下句叫对句。

2. 宽对

对仗又分为宽对和工对两种。（对于初学者，我们省略掉"领对"的概念。）宽对比较容易掌握。

宽对：就是同类词相对。比如，名词对名词，动词对动词，形容词对形容词，副词对副词，数词（数目字）对数词（数目字），颜色词对颜色词，方位词对方位词，代词对代词，等等。

说明：

（1）数词（数目字）：单、双、两、孤、半、一、二、三、十、百、千、万、亿等。

（2）方位词：东、西、南、北、内、外、前、后、上、下等。

（3）有时候，动词也可以和形容词相对。比如，赵朴初《卧龙湖》的诗句：

今来河网布，

望尽稻云黄。

动词"布"和形容词"黄"相对。

3. 工对

工对的情况比较复杂，详见《诗词格律》（王力著）。这里只简单地介绍。

为了工对，我们把名词细分为以下若干门类：

天文类：云、雨、风、雪、日、月、星……

地理类：江、河、湖、海、山、峰、岭……

时令类：春、夏、秋、冬、晨、夜、晓……

动物类：杜鹃、蝴蝶、龙、蛇、虎、马……

宫室类：殿、阁、亭、台、门、窗、墙、柱……

植物类：花、树、草、林、桃、李、竹、桂……

此外还有服饰类、器用类、职官类，等等，我们不一一列举了。

我们看杜甫的《绝句》：

> 两个黄鹂鸣翠柳，
>
> 一行白鹭上青天。
>
> 窗含西岭千秋雪，
>
> 门泊东吴万里船。

这首诗有两联对仗。首先它做到了宽对（名词对名词，动物对动词，数目字对数目字……），在此基础上它又做到了更精细的对仗。例如，

黄鹂对白鹭，是名词对名词。再细看，黄对白，是颜色类的字。翠对青，也是颜色类的字。鹂对鹭，是动物类的字。

西岭对东吴，是名词对名词。再细看，西对东是方位类的字。窗对门，是名词对名词，它们都是宫室类的字。

什么叫工对？王力说："凡同类的词相对，叫作工

182

对。"我们可作如下通俗的解释：工对就是在宽对的基础上，尽可能地再做一些精细的对仗，选用细分门类里的词。

4. 律诗（五律、七律）对仗的规则

（1）出句和对句的平仄是相对立的。例如，

浮云游子意，（— — — | |）

落日故人情。（| | | | — —）

（2）出句的字和对句的字不能重复，至少在同一位置不能重复。例如，

浮云游子意，

游客故乡情。

出句和对句重复使用了"游"字。对于律诗，是不允许的，这种瑕疵不太要紧。当然古体诗是允许这种情况的。又如，

浮云游子意，

宝寺纳子情。

出句和对句在同一位置使用了"子"字。对于律诗，是不允许的，这种瑕疵就比较严重。当然古体诗是允许这种情况的。

（3）律诗要避免出现"合掌"。出句和对句完全同义（或基本上同义）叫作"合掌"。例如，

抽针待绣双飞鸟，

握笔思描并蒂莲。

此联是"合掌"，两句说的是同一个意思。但是，

红旗卷起农奴戟，

黑手高悬霸主鞭。

此联不是"合掌"。"红旗"指的是工农革命力量。"黑手"指的是地主、资产阶级反动势力。

5. 学习对仗的工具书

清代的车万育编的《声律启蒙》介绍了对仗的口诀。它是初学者学习对仗的良师益友。它按平声的 30 个韵部排列，每个韵部列出三段对仗的实例。平声韵部共 90 段对仗实例。现在只抄录其中的一段：

云对雨，雪对风，晚照对晴空。来鸿对去燕，宿鸟对鸣虫。三尺剑，六钧弓，岭北对江东。人间清暑殿，天上广寒宫。两岸晓烟杨柳绿，一园春雨杏花红。两鬓风霜，途次早行之客；一蓑烟雨，溪边晚钓之翁。

6. 对联

对联源于春联，而春联起源于桃符（周朝悬挂于大门两旁的长方形木板）。据《后汉书·礼仪志》所说，桃符长六寸，宽三寸，桃木板写"神荼（tú）""郁垒"二神。"正月一日，造桃符著户，名仙木，百鬼所畏。"五代十国时期的后蜀皇帝孟昶在桃木板亲题桃符："新年纳余庆，嘉节贺长春。"这是我国流传至今的第一副春联。在宋代，桃符由桃木板改为纸张，叫"春贴纸"。

文人雅士自撰联语，悬于楹柱、厅堂，或颂扬君恩，或缅怀祖德，或抒发怀抱，或警策自勉……这些联语就是对联。在对联的发展过程中，受到了唐代律诗的影响，它的对仗规则也逐渐规范了。

王力先生在《诗词格律》中，关于对联的对仗规则有精辟的论述。他首先说："律诗中的对仗还有它的规则，而不是像《诗经》那样随便的。这个规则是：① 出句和对句的平仄是相对立的；② 出句的字和对句的字不能重复。"他进一步说："对联（对子）是从律诗演化出来的，所以也要适合上述的两个标准。"

根据以上论述，我们应该明白：对联的对仗规则是从律诗演化出来的。它的字数不局限于五言或七言。但是它一定要符合律诗关于对仗的规则（①出句和对句的平仄是相对立的；②出句的字和对句的字不能重复）。它可以工对，也可以宽对。因为对联的对仗规则源于律诗，所以一般地说，上联（出句）的最后一字是仄声，下联（对句）的最后一个字是平声。

　　好的对联，不但对仗工整、严谨，而且还能做到平仄相对立。比如，

　　①横眉冷对千夫指，——||——|
　　　　俯首甘为孺子牛。||——||—（鲁迅撰）
　　②精神万古，——||
　　　　气节千秋。||——（"节"是入声，属于仄声。）
　　③（三字联）上联：孙行者，——|
　　下联：祖望之。||—

　　（注意："孙行者"对"祖望之"是人名对人名。祖望之是乾隆时期的进士、诗人，官至刑部尚书。再细看："孙"对"祖"，是名词对名词，属于人伦类的名词。"行"对"望"，是动词对动词。"者"对"之"，是助词对助词。这副对联是工对。）

　　④（三字联）上联：书有道，—||
　　　　　　　　下联：艺无涯。|——
　　⑤（二字联）上联：拍马，
　　　　　　　　下联：吹牛。（冯梦龙撰）
　　（注意："拍"，是入声，属于仄声。）
　　⑥（一字联）上联：墨，
　　　　　　　　下联：泉。

（注意："墨"是仄声，泉是平声。"墨"拆开是"黑土"二字。"泉"拆开是"白水"二字。）

⑦ 关于长联，只要立意极佳，对仗严谨，基本上做到平仄相对立，仍不失为佳联。例如，

有志者事竟成，破釜沉舟，百二秦关终属楚；

苦心人天不负，卧薪尝胆，三千越甲可吞吴。

又如，1948 年胡宗南在陕北的军事行动惨遭失败。3 月 1 日，国民党整编 29 军军长刘戡和整编 90 师师长严明在陕北宜川县战死。4 月 26 日，整编 76 师师长徐保在宝鸡被俘，伤重身亡。胡宗南在第 20 军办事处（西安市端履门）为他们召开追悼会。西北大学的进步学生写了一副挽联，以示讽刺。挽联是：

刘戡戡内乱，内乱难戡身先死；

徐保保宝鸡，宝鸡不保命也亡。

横批："纪律严明。"

还有古代刘蕴良撰写的贵阳甲秀楼 172 字的长联，孙髯撰写的昆明大观楼 180 字的长联，都是备受推崇的名联。

社会上有极少数的对联，虽然立意很好，但是没有遵循或者没有完全遵循对联的规则，给读者留下了遗憾。例如：

① 民国万税，— | | |

天下太贫。— | | —（刘师亮撰）

（"国"是入声，属于仄声。此联没有做到平仄相对立。）

② 读古人书，

友天下士。（包士臣撰）

（"书"是平声，"士"是仄声。）

③ 用意敏速，

变态皆善。（刘道醇撰）

（"速"和"善"都是仄声。）

④ 万卷诗书宜子孙，

十年种树长风烟。（伊秉绶撰）

（"孙"和"烟"都是平声。）

四、如何写古体诗

南宋的严羽在《沧浪诗话》中说："律诗难于古诗（即古体诗），绝诗（即绝句）难于八句（即律诗），七言律诗难于五言律诗，五言绝句难于七言绝句。"

据此论述，我们把这几种诗体从易到难排列如下：古体诗→五言律诗→七言律诗→七言绝句→五言绝句

对于初学者，可以先练习写古体诗，再练习写其他的诗体。

古体诗分为五言古诗（简称五古）和七言古诗（简称七古）。杂言诗归入七言古诗。

古体诗只需要满足一个基本要素：押韵。除了押韵之外，不受任何格律的束缚。

古体诗的押韵有如下要求：

（1）隔句押韵：在双数句的句尾押韵，一般在单数句的句尾不押韵。

（2）有一种特殊的七言古诗是句句押平声韵的，称为柏梁体。传说汉武帝建筑柏梁台，与群臣联句赋诗，句句押平声韵，所以这种诗体称为柏梁体。例如，杜甫的《饮中八仙歌》和《丽人行》都是柏梁体。由于这些

诗较长，恕不抄录。

（3）古人用《平水韵》写古体诗，可以单独押平声韵，也可以单独押上声韵，也可单独押去声韵，也可以单独押入声韵。有时候上声和去声的同韵字还可以通押。

夏日南亭怀辛大

〔唐〕孟浩然

山光忽西落，池月渐东上。

散发乘夕凉，开轩卧闲敞。

荷风送香气，竹露滴清响。

欲取鸣琴弹，恨无知音赏。

感此怀故人，中宵劳梦想。

（王力先生说，此诗押上声韵。）

寻隐者不遇

〔唐〕贾岛

松下问童子，言师采药去。

只在此山中，云深不知处。

（此诗押去声韵。）

现代人用《中华新韵》写古体诗，可以单独押平声韵（阴平即一声，阳平即二声），也可以单独押上声韵（三声），也可以单独押去声韵（四声）。有时候上声和去声（三声和四声）的同韵字还可以通押。

（4）在古体诗，邻韵可以通押。注意：在绝句和律诗，邻韵一般不能通押。

在《平水韵》中，我们选录一些邻韵。括号内的是邻韵，可以通押。

①〔东，冬〕②〔江，阳〕③〔支，微，齐〕④〔鱼，虞〕⑤〔佳，灰〕⑥〔真，文，元（一部分）〕⑦〔寒，删，先，元（一部分）〕（说明：第⑥类和第⑦类也可以通押）⑧〔萧，肴，豪〕⑨〔庚，青〕⑩〔覃，盐，咸〕⑪〔董，肿〕⑫〔送，宋〕⑬〔寘，未〕⑭〔屋，沃〕……（详见王力著《诗词格律》。）

在《中华新韵》（18 韵）中，邻韵只有四类：

①〔波，歌〕②〔支，儿，齐〕③〔姑，鱼〕④〔庚，东〕

古体诗用邻韵，举例如下：

杂诗

〔唐〕王维

君自故乡来，应知故乡事。

来日绮窗前，寒梅著花未？

此诗是五言古诗（五古），用《平水韵》。"事"是去声〔四寘〕韵，"未"是去声〔五未〕韵。它们不是同一个韵，而是"邻韵"。在古体诗中，邻韵可以通押。

（5）古体诗可以一韵到底，也可以换韵，甚至于换几次韵。举例如下，

游子吟

〔唐〕孟浩然

慈母手中线，游子身上衣。

临行密密缝，意恐迟迟归。

谁言寸草心，报得三春晖。

此诗用《平水韵》，是一韵到底。"衣、归、晖"都属于上平声〔五微〕韵。

月下独酌

〔唐〕李白

花间一壶酒，独酌无相亲。

举杯邀明月，对影成三人。

月既不解饮，影徒随我身。

暂伴月将影，行乐须及春。

我歌月徘徊，我舞影零乱。

醒时同交欢，醉后各分散。

永结无情游，相期邈云汉。

此诗用《平水韵》，前四个韵都属于上平声［十一真］韵，后三个韵都换成去声［十五翰］韵。

五、如何写绝句

我们在这里所讨论的绝句，指的是律绝。另外还有一种古绝，比较少见，它属于古体诗。

（一）绝句（律绝）的分类

绝句有五言绝句（简称五绝；每句五个字，共四句）和七言绝句（简称七绝；每句七个字，共四句）。

（二）绝句的基本要素

绝句需要满足两个基本要素：押韵和平仄。原则上不要求对仗。

（三）绝句的押韵

绝句在第二句、第四句的句尾要押韵，而且必须是平声韵。首句可押韵，也可不押韵。如果首句押韵，则首句可押本韵（第二句、第四句同属的韵类。），也可押邻韵。

《平水韵》的邻韵和《中华新韵》的邻韵，在前面讲

190

"如何写古体诗"时，已经作了介绍。

下面举例说明"本韵"和"邻韵"。

七绝·泊秦淮

（用平水韵）

〔唐〕杜牧

烟笼寒水月笼沙，夜泊秦淮近酒家。

商女不知亡国恨，隔江犹唱后庭花。

这首诗的第二、四句的韵脚"家""花"是《平水韵》的下平声〔六麻〕韵，所以这首诗的本韵是〔六麻〕韵。首句的韵脚"沙"也是〔六麻〕韵，所以首句押的是本韵。

七绝·题西林壁

（用平水韵）

〔宋〕苏轼

横看成岭侧成峰，远近高低各不同。

不识庐山真面目，只缘身在此山中。

这首诗的第二、四句的韵脚"同，中"是《平水韵》的上平声〔一东〕韵，所以这首诗的本韵是〔一东〕韵。但是首句的韵脚"峰"是上平声〔二冬〕韵，〔二冬〕韵和〔一东〕韵是邻韵，所以首句押的是邻韵。

五绝·参观法门寺有感

（用中华新韵）

高振儒

古刹塔巍峨，惊天宝藏多。

回眸丝路远，四海舞婆娑。

这首诗的第二、四句的韵脚"多""娑"是《中华新韵》的〔二波〕韵，所以这首诗的本韵是〔二波〕韵。

但是首句的韵脚"峨"是〔三歌〕韵，〔三歌〕韵和〔二波〕韵是邻韵，所以首句押的是邻韵。

（四）七绝的平仄格式

为了简明，我们用符号表示。"—"表示平声，"|"表示仄声，⊖表示可平可仄（应该平，但也可仄），①也表示可平可仄（应该仄，但也可平），"△"表示韵脚（押韵的地方）。

我们先看七绝的某一个平仄格式：

$$— — | | | — \underset{\triangle}{—}，| | — — | | \underset{\triangle}{—}。$$
$$| | — — — | |，— — | | | — \underset{\triangle}{—}。$$

这个平仄格式能不能在不影响节奏美的前提下变通呢？我们说，可以适当变通：

（1）对于每个七言诗句的第一个字都可以变通：把"—"改成⊖，把"|"改成①。

（2）对于每个七言诗句的第三个字，如果变通以后，不会迫使第四个字成为"孤平"（单独的一个平声字），则第三个字就可以变通。如果第三个字变通以后，迫使第四个字成为"孤平"，这是大忌，称为"犯孤平"。这时候第三个字就不能变通。（注意：在七绝或七律中，对于七言诗句讨论"孤平"时，只讨论第三个字和第四个字，不涉及其他字。）

现在把七绝的这个平仄格式写出来，我们称之为"七绝A式"。

七绝A式（首句押韵）

$$⊖ — ① | | — \underset{\triangle}{—}，⊖ | — — | | \underset{\triangle}{—}。$$
$$① | ⊖ — — | |，⊖ — ① | | — \underset{\triangle}{—}。$$

七绝还有三个平仄格式：

七绝 B 式（首句不押韵）

$\ominus$ － $\oplus$ | － －，$\oplus$ | － － | | $\underline{\triangle}$。

$\oplus$ | $\ominus$ － － | |，$\ominus$ － $\oplus$ | | － $\underline{\triangle}$。

七绝 C 式（首句不押韵）

$\oplus$ | $\ominus$ － － | |，$\ominus$ － $\oplus$ | | － $\underline{\triangle}$。

$\ominus$ － $\oplus$ | － －，$\oplus$ | － － | | $\underline{\triangle}$。

七绝 D 式（首句押韵）

$\oplus$ | － － | | $\underline{\triangle}$，$\ominus$ － $\oplus$ | | － $\underline{\triangle}$。

$\ominus$ － $\oplus$ | － －，$\oplus$ | － － | | $\underline{\triangle}$。

（五）五绝的平仄格式

我们在七绝的四个格式中，把每句的前两个字去掉，就相应地得到五绝的四个格式：

五绝 A 式（首句押韵）

$\oplus$ | | － $\underline{\triangle}$，－ － | | $\underline{\triangle}$。

$\ominus$ － － | |，$\oplus$ | | － $\underline{\triangle}$。

五绝 B 式（首句不押韵）

$\oplus$ | － － |，－ － | | $\underline{\triangle}$。

$\ominus$ － － | |，$\oplus$ | | － $\underline{\triangle}$。

五绝 C 式（首句不押韵）

$\ominus$ － － | |，$\oplus$ | | － $\underline{\triangle}$。

$\oplus$ | － － |，－ － | | $\underline{\triangle}$。

五绝 D 式（首句押韵）

－ － | | $\underline{\triangle}$，$\oplus$ | | － $\underline{\triangle}$。

$\oplus$ | － － |，－ － | | $\underline{\triangle}$。

仔细观察五绝的四种格式，可以看出：对于每个五言诗句的第一个字如果作了变通，不会迫使第二个字成为"孤平"，则第一个字就可以变通。如果对于五言诗句的第

193

一个字作了变通以后，就会迫使第二个字成为"孤平"，这是大忌，称为"犯孤平"。这时候第一个字就不能变通。（注意：在五绝或五律中，对于五言诗句讨论"孤平"时，只讨论第一个字和第二个字，不涉及其他字。）

（六）绝句的对仗问题

绝句原则上不用对仗。比如，

七绝·为女民兵题照

毛泽东

飒爽英姿五尺枪，曙光初照演兵场。（"场"读平声）
中华儿女多奇志，不爱红装爱武装。

塞下曲

〔唐〕卢纶

月黑雁飞高，单于夜遁逃。

欲将轻骑逐，大雪满弓刀。

也有一些诗人在绝句中使用对仗，这属于特殊情况。它有以下三种情况：

（1）第一、二句对仗，第三、四句不对仗。比如，

何满子

〔唐〕张祜

故国三千里，深宫二十年。

一声何满子，双泪落君前。

（2）第一、二句不对仗，第三、四句对仗。比如，

宿建德江

〔唐〕孟浩然

移舟泊烟渚，日暮客愁新。

野旷天低树，江清月近人。

（3）第一、二句对仗，第三、四句也对仗。比如，

登鹳雀楼

〔唐〕王之涣

白日依山尽，黄河入海流。

欲穷千里目，更上一层楼。

绝句

〔唐〕杜甫

两个黄鹂鸣翠柳，一行白鹭上青天。

窗含西岭千秋雪，门泊东吴万里船。

六、如何写律诗

律诗分为五言律诗（简称五律；每句五个字，共八句）和七言律诗（简称七律；每句七个字，共八句）。

律诗需要满足三个基本要素：押韵、平仄和对仗。

（一）律诗的押韵

律诗一般在第二、四、六、八句的句尾押韵，而且必须押平声韵。首句可押韵，也可不押韵。如果首句要押韵，则首句可押本韵，也可押邻韵。

《平水韵》的邻韵和《中华新韵》的邻韵，在前面讲"如何写古体诗"时，已经作了介绍。

王力先生在《诗词格律》中引用了《红楼梦》里的一个故事：林黛玉叫香菱写一首咏月的律诗，指定用寒韵。香菱正在挖心搜胆、耳不旁听、目不别视的时候，探春隔窗笑说道："菱姑娘，你闲闲吧。"香菱怔怔答道："闲字是十五删的，错了韵了。"这个故事说明，律诗（包括绝句）用韵是非常严格的。〔十四寒〕韵和〔十五删〕韵是不能通用（混用）的（只有在首句可以通用）。

（二）律诗的平仄

1. 七律的平仄格式

不论依据《平水韵》，还是依据《中华新韵》，都要遵守七律的平仄格式。（《中华新韵》的一声、二声属于平声，三声、四声属于仄声。）

七律的平仄格式有如下四种：

七律 A 式（首句押韵）

⊖ — ① | | — △，① | — — | | △。

① | ⊖ — — | |，⊖ — ① | | — △。

⊖ — ① | — — |，① | — — | | △。

① | ⊖ — — | |，⊖ — ① | | — △。

七律 B 式（首句不押韵）

⊖ — ① | — — |，① | — — | | △。

① | ⊖ — — | |，⊖ — ① | | — △。

⊖ — ① | — — |，① | — — | | △。

① | ⊖ — — | |，⊖ — ① | | — △。

七律 C 式（首句不押韵）

① | ⊖ — — | |，⊖ — ① | | — △。

⊖ — ① | — — |，① | — — | | △。

① | ⊖ — — | |，⊖ — ① | | — △。

⊖ — ① | — — |，① | — — | | △。

七律 D 式（首句押韵）

① | — — | | △，⊖ — ① | | — △。

⊖ — ① | — — |，① | — — | | △。

① | ⊖ — — | |，⊖ — ① | | — △。

⊖ — ① | — — |，① | — — | | △。

196

仔细观察七律的四个格式，可以看出：

（1）对于每个七言诗句的第一个字都可以变通。

（2）对于每个七言诗句的第三个字，如果变通以后，不会迫使第四个字成为"孤平"，则第三个字就可以变通。如果第三个字变通以后，迫使第四个字成为"孤平"，这是大忌，称为"犯孤平"。这时候第三个字就不能变通。

（注意：在七绝或七律中，对于七言诗句讨论"孤平"时，只讨论第三个字和第四个字，不涉及其他字。）

2. 五律的平仄格式

我们在七律的四个格式中，把每句的前两个字去掉，就相应地得到五律的四个格式：

五律 A 式（首句押韵）

① | | — △，— — | | △。

⊖ — — | |，① | | — △。

① | — —，— — | | △。

⊖ — — | |，① | | — △。

五律 B 式（首句不押韵）

① | — —，— — | | △。

⊖ — — | |，① | | — △。

① | — —，— — | | △。

⊖ — — | |，① | | — △。

五律 C 式（首句不押韵）

⊖ — — | |，① | | — △。

① | — —，— — | | △。

⊖ — — | |，① | | — △。

① | — —，— — | | △。

五律 D 式（首句押韵）

－ － ｜ ｜ <u>△</u>，① ｜ ｜ － <u>△</u>。

① ｜ － － ｜，－ － ｜ ｜ <u>△</u>。

⊖ － － ｜ ｜，① ｜ ｜ － <u>△</u>。

① ｜ － － ｜，－ － ｜ ｜ <u>△</u>。

仔细观察五律的四种格式，可以看出：对于每个五言诗句的第一个字，如果作了变通，不会迫使第二个字成为"孤平"，则第一个字就可以变通。如果对于五言诗句的第一个字作了变通以后，就会迫使第二个字成为"孤平"，这是大忌，这时候第一个字就不能变通。（注意：在五绝或五律中，对于五言诗句讨论"孤平"时，只讨论第一个字和第二个字，不涉及其他字。）

（三）律句平仄格式的特殊情况

前面介绍了五绝、七绝、五律、七律的平仄格式。对于其中的某些律句的平仄格式，可以作特殊的改变。比如，

1. 五言律诗

（1）－ － ｜ ｜ <u>△</u>，可以改为

　　｜ － － ｜ <u>△</u>。

例：月光明素盘。

（2）① ｜ － － ｜，可以改为

　　① ｜ ｜ － ｜。

例：晚钓碧波月。

（3）⊖ － － ｜ ｜，可以改为

　　－ － ｜ ｜ ｜。（第一个字必须是平声）

例：仍怜故乡水。

198

（4） $\begin{cases} ① | - - |, \\ - - | | \underset{\triangle}{|}。\end{cases}$ 这两句可同时改为

$\begin{cases} ① | \ominus | |, \\ \ominus - - | \underset{\triangle}{|}。\end{cases}$

例： $\begin{cases} 野火烧不尽， \\ 春风吹又生。（"不"是入声，属于仄声）\end{cases}$

2. 七言律诗

（1） ① | - - | | $\underset{\triangle}{|}$，可以改为

① | | | - - $\underset{\triangle}{|}$。

例：篆隶草真皆有神。

（2） $\ominus - ① | - - |$，可以改为

$\ominus - ① | | - |$。

例：晴川历历汉阳树。

（3） ① | $\ominus$ - - | |。可以改为

① | - - | - |（第三个字必须是平声）

例：借问瘟神欲何往？

（4） $\begin{cases} \ominus - ① | - - |, \\ ① | - - | | \underset{\triangle}{|}。\end{cases}$ 这两句可同时改为

$\begin{cases} \ominus - ① | \ominus | |, \\ ① | \ominus - - | \underset{\triangle}{|}。\end{cases}$

例： $\begin{cases} 欣闻鸟语常驻足， \\ 痛饮山泉皆忘愁。\end{cases}$

以上内容蕴涵了"拗救"的知识，我们不详细阐述。

（四）律诗的对仗

古人把律诗（五律、七律）的第一、二句叫作首联，第三、四句叫作颔（hàn）联，第五、六句叫作颈（jǐng）联，第七、八句叫作尾联。

199

1. 对仗的常规

五律、七律对仗的位置，一般情况是在颔联和颈联。也就是说，第三、四句对仗，第五、六句对仗，在其他位置不对仗。比如，

五律·朝鲜黄海道西海岸即景
高元白

黄海绿无遮，飞鸥点点斜。

开怀迎曙色，放眼到天涯。

水拍朝鲜岸，波回禹甸家。

友情连两国，景物自光华。

（说明：遮，古音为 zhā。斜，古音为 xiá。）

七律·赠霍淑洲女士
高振儒

婷婷儒雅秉家传，几度风云总累牵。

笑傲人生甘寂寞，轻舒金嗓舞翩跹。

经纶满腹畴人仰，桃李争妍德誉传。

玉管生花惊墨客，风流才女一诗仙。

2. 对仗的特殊情况

（1）三联对仗：第一、二句对仗，第三、四句对仗，而且第五、六句也对仗。

（2）单联对仗：只在第三、四句对仗，或只在第五、六句对仗。前一种情况极为罕见。

（3）首联、颈联都对仗。也就是说，第一、二句对仗，同时第五、六句也对仗。

对于特殊情况的对仗，初学者了解一下即可，不必深究。

七、依照《中华新韵》写旧体诗

我们把依照《中华新韵》写旧体诗简单地小结一下。初学者写旧体诗，可以先学古体诗，它只需要满足一个基本要素（押韵）即可，很容易学。然后学写绝句（五绝、七绝），它只需要满足两个基本要素（押韵、平仄）即可。最后学写律诗（五律、七律），它需要满足三个基本要素（押韵、平仄、对仗）。注意：要把诗写好，写绝句可能要比写律诗更难。

（一）古体诗

1. 古体诗的分类

（1）五古：每句五个字，句数不限。

（2）七古：每句七个字，句数不限。

（3）杂言诗：每句的字数不限，句数不限。杂言诗可归类为七古。

2. 古体诗的押韵

（1）一般在双数句的句尾押韵，在单数句的句尾不押韵。柏梁体是特殊情况：它是七言古诗，句句押平声韵。

（2）用《中华新韵》押韵，可以单独押平声韵（即一声、二声），也可以单独押上声韵（即三声），也可以单独押去声韵（即四声）。有时候三声和四声可以通押。

（3）在古体诗，邻韵可以通押。

（4）古体诗可以一韵到底，也可以换韵，甚至于换几次韵。

（二）绝句

1. 绝句的分类（因篇幅所限，本书不介绍古绝，它属于古体诗。）

201

（1）五绝：每句五个字，共四句。

（2）七绝：每句七个字，共四句。

2. 绝句的押韵

绝句一般在第二、四句的句尾押韵，而且必须押平声韵（一声、二声）。首句可押韵，也可不押韵。如果首句要押韵，则首句可押本韵，也可押邻韵。

3. 绝句的平仄

《中华新韵》的一声、二声属于平声，三声、四声属于仄声。五绝有四种平仄格式，七绝也有四种平仄格式。

4. 绝句的对仗

原则上绝句不要求对仗。

（三）律诗

1. 律诗的分类（长律不讨论。）

（1）五律：每句五个字，共八句。

（2）七律：每句七个字，共八句。

2. 律诗的押韵

律诗一般在第二、四、六、八句的句尾押韵，而且必须押平声韵（一声、二声）。首句可押韵，也可不押韵。如果首句要押韵，则首句可押本韵，也可押邻韵。

3. 律诗的平仄

《中华新韵》的一声、二声属于平声，三声、四声属于仄声。五律有四种平仄格式，七律也有四种平仄格式。

4. 律诗的对仗

五律和七律按照常规，第三、四句对仗，而且第五、六句对仗，在其他各句不对仗。

初学者写对仗，可以先写下句，后写上句。即先写第四句，后写对应的第三句；先写第六句，后写对应的第五句。这样容易写成。

（四）如何记忆绝句和律诗的平仄格式

绝句和律诗的平仄格式共有 16 种之多，如何记忆它们，对于初学者来说是个难点，各人的方法不尽相同（有人应用粘对的规则，本书不作介绍）。我们介绍的方法是：只要记住一首七律诗，就可以写出绝句和律诗的所有平仄格式（共 16 种）。其步骤如下：

第一步：记住一首七律诗，比如毛泽东《七律·长征》，其实我们早已记住了。注意："不、磅、礴、拍、铁、雪"（重点是前四个字）是入声字，属于仄声。这时我们很容易写出这首诗的平仄格式。当然还要考察哪些字的平仄可以变通。写出来的这个平仄格式就是七律 A 式。

第二步：对于"七律 A 式"，把首句第五、七字交换，就得到"七律 B 式。"

对于"七律 B 式"，把第一、二句移到第八句之后，就得到"七律 C 式"。

对于"七律 C 式"，把首句第五、七字交换，就得到"七律 D 式"。

第三步：把"七律 A 式"选取前四句，把"七律 B 式"选取前四句，把"七律 C 式"选取前四句，把"七律 D 式"选取前四句，这样就分别得到相应的"七绝 A 式""七绝 B 式""七绝 C 式""七绝 D 式"。

第四步：对于七律的四种格式，把每句的前两个字去掉，就分别得到五律相应的四种格式："五律 A 式""五律 B 式""五律 C 式""五律 D 式"。

第五步：对于七绝的四种格式，把每句的前两个字去掉，就分别得到五绝相应的四种格式："五绝 A 式""五绝 B 式""五绝 C 式""五绝 D 式"。

这个方法可用"绝句、律诗的平仄格式关系图"表示（见下页）。

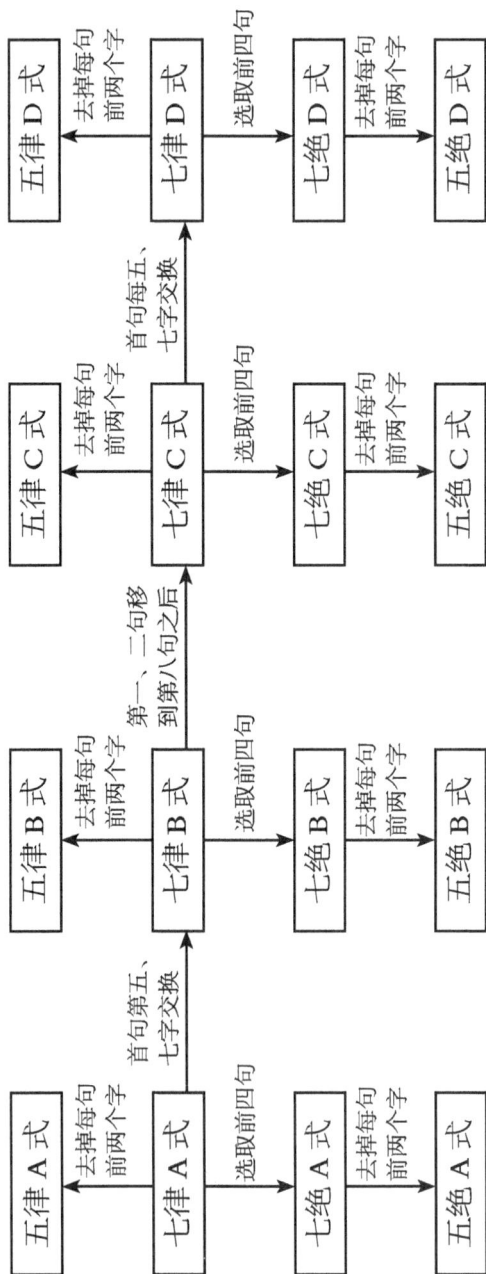

绝句、律诗的平仄格式关系图

八、词的格律

词起源于唐代，盛行于宋代。词是从诗发展来的，是诗的别体，所以词又叫作"诗余"。词的特点是长短句，所以又有人把词叫作"长短句"。

（一）词的分类

按照字的多少，词大致可分为三类：① 小令（58字以内）；② 中调（59~90字）；③ 长调（91字以上）。大致说来，小令的格律最严，中调较宽，长调更宽。

按照词的段落，词可以分为四类：单调、双调、三叠、四叠。

如果词不分段，就称为单调，往往是小令。

如果词分为前后两段，又叫前阕（上阕、上片）和后阕（下阕、下片），这样的词是双调。

如果词分为三段，称为三叠。

如果词分为四段，称为四叠。

双调最常见，其次是单调。三叠和四叠比较罕见。

（二）词牌

词牌，就是词的格式的名称。词的格式很多，大约有一两千个，需要给这些格式起个名字，这些名字就是词牌。比如，《十六字令》《西江月》《蝶恋花》《满江红》《沁园春》等。

有些词牌就是词的题目。比如，《渔歌子》咏的是打鱼，《踏歌词》咏的是舞蹈，《更漏子》咏的是夜。凡是在词牌下注明"本意"的，表示词牌就是词题，不用另标题目了。如果写词用《渔歌子》，但内容与打鱼无关，那就要在词牌《渔歌子》之下另标词题。绝大多数词牌都不是词题，需要另标题目。比如《浪淘沙》可以完全不讲浪，也不讲沙，《忆江南》也可以完全不讲江南。

一首词可能有几个词牌名。例如，《念奴娇》的别名是《酹江月》《大江东去》。也有一些不同的词却有相同的词牌名。例如，《浪淘沙》和《谢春池》是不同的词，但它们的别名都是《卖花声》。有的词牌，除了定格（即正格）之外，还有若干个不同的格式的别体。例如，《荷叶杯第一体》（定格）、《荷叶杯第二体》、《荷叶杯第三体》。又如，《酒泉子》有13个别体，词牌都叫《酒泉子》。

起初词和音乐是有关系的，后来逐渐脱离了关系，但是词的内容、词调和体现的感情是一致的。这就是说，填词要根据内容来选择能体现其感情的词牌。

一般说来，词调有刚柔之分。例如，《钗头凤》《阮郎归》凄沉婉约，《水调歌头》《念奴娇》《满江红》《沁园春》豪壮激越。此外，还有一些词调是中性的，刚柔通用。

怎样根据词牌来辨别词调的感情特色呢？

（1）根据词调的来历辨别。例如，《寿楼春》本来是凄音哀乐，宋代史达祖首先用它悼念亡人。此调适用于寄托哀思。

（2）根据首创的词调作品来辨别。

（3）根据历代名家用同一词牌创作的作品内容来辨别。

（三）词谱

词谱就是词牌的具体格式的内容。也就是说，把每一个词牌规定的字数、句数、韵脚、平仄等内容标示出来，这就是词谱。

为了简明，我们用符号表示："—"表示平声，"｜"表示仄声，⊖表示可平可仄（应该平，但也可仄），①也表示可平可仄（应该仄，但也可平。），"△"表示韵脚（押韵的地方）。前阕和后阕之间空两格。

注意：各家介绍的词谱在平仄的标注及标点符号的使用等方面可能略有出入。下面举几个词谱的例子。

1. 十六字令

又名苍梧谣、归字谣，16 字，单调。

△。① ｜ — — ｜ ｜ △。— — ｜，① ｜ ｜ — △。

十六字令
〔宋〕蔡伸

天。休使圆蟾照客眠。人何在？桂影自婵娟。

2. 忆江南

又名望江南、梦江南、江南好，27 字，单调。

— ⊖ ｜，① ｜ ｜ — △。① ｜ ⊖ — — ｜ ｜，⊖ — ① ｜ ｜ — △。① ｜ ｜ — △。

忆江南·送别顾照瑞先生
高振儒

潇潇雨，点点叩心扉。放眼文坛花似锦，顾公健笔润芳菲。惜别送君归。

3. 调笑令

又名古调笑、宫中调笑、调啸词、转应曲，32 字，单调。

— ｜△，— ｜△（叠句），① ① ⊖ — ⊖ ｜△。⊖ ⊖ ①

207

丨　⊖　⊿，Ⓘ丨⊖　— 丨⊿。 — 丨（颠倒前句末二字），
— 丨（叠句），Ⓘ Ⓘ ⊖ — ⊖ 丨。

说明：前三句（第一、二、三句）的韵脚押某一个
仄声韵，最后三句（第六、七、八句）的韵脚押另一个
仄声韵。中间两句（第四、五句）的韵脚押某一个平声
韵。看下面的实例，领会"叠句"的含义。

调笑令·风雨
高振儒

风雨，风雨，帘外潇潇冷语。惹得离绪凄凄，犬吠
疏星梦归。归梦，归梦，残夜虫鸣相送。

4.醉太平

38字，双调，结句是上一下四，前后两阕的平仄格
式相同。

‖: Ⓘ — 丨⊿，Ⓘ — 丨⊿。Ⓘ — Ⓘ Ⓘ — ⊿，Ⓘ
— — 丨⊿。:‖

说明：用符号‖:……:‖表示前后两阕的平仄格式
相同。

醉太平·赠宋德伟先生
高振儒

柳塘藕香，野滩稻香。汉江渔笛悠扬，是童年故
乡。　　股锥序庠，宦游晋阳。人生几度沧桑，惟金
兰永芳。

5.西江月

又名步虚词、江月令，50字，双调，前后两阕的平
仄格式相同。对于前阕和后阕，第一句不押韵，第二、

208

三句押平声韵，第四句押原韵对应的仄声韵。前阕的第一、二句要对仗，后阕的第一、二句也要对仗。

‖: ① | ⊖ — ① |, ⊖ — ① | — ▵。⊖ — ① | |
— ▵, ① | ⊖ — | ▵。:‖

西江月·步薛宝琴《咏絮》原韵
高振儒

秦岭飘绒有限，灞桥飞絮无穷。婆娑红雨嫁春风，却是南柯一梦。　　几度蜂鸣阆苑，数声鹃唤帘枕。千舟纵使与鲸同，难载离情恨重。

（注：薛宝琴，《红楼梦》中的人物，是薛宝钗的堂妹。）

6. 一剪梅

60字，双调，前后两阕的平仄格式相同。

‖: ① | — — ① | ▵, ① | — —, ① | — ▵。⊖ —
① | | — —, ① | — —, ① | — ▵。:‖

一剪梅·长江抗洪颂
高振儒

吴楚潇潇暴雨倾，飞浪心惊，拍岸魂惊。蛟龙咆哮竟无情，突破荆门，直逼金陵。　　欲缚洪魔争请缨，挽臂成城，众志成城。万千夏禹伏狂澜。笑语盈盈，热泪盈盈。

一剪梅·咏梅
高振儒

寂寞孤山欲探梅，风拂香梅，雪映寒梅。冰魂冷艳咏春梅，玉骨疏梅，陶醉娇梅。　　春染柔姿三弄梅，情寄红梅，白发簪梅。花痴独酌惜残梅，对影邀梅，酒缺青梅。

7.沁园春

又名寿星明，一般都用较多的对仗，114字，双调。

⊙｜－－，⊙｜－－，｜｜｜▲。｜－－｜（上一下四），⊖－⊙｜；⊖－⊙｜，⊙｜－▲。⊙｜－－，⊖－⊙｜，⊙｜－－⊙｜▲。－⊖｜，｜－▲。　⊖－⊙｜－▲。⊙｜｜－－⊙｜▲。｜⊖－⊙｜（上一下四），⊖－⊙｜；⊖－⊙｜，⊙｜－▲。⊙｜－－，⊖－⊙｜，⊙｜－－⊙｜▲。－⊖｜（或｜－｜），｜⊖－⊙｜（上一下四），⊙｜－▲。

（注：上一下四，即对于一句五个字，在第一个字的后面应稍有停顿，但不加标点符号。这五个字叫作"上一下四"句式。这实际上是"一字豆"的概念，后面将要讲到。）

沁园春·庆祝国庆五十周年

高振儒

拔却三山，雾散龙腾，燕舞曲飘。望钢花绚丽，核云冉冉；沙林葱郁，麦浪滔滔。画戟如林，雄关如铁，敢与天狼试比高。擒四怪，看神州大地，处处妖娆。

回眸鼎革千娇，海内外群贤竞折腰。喜特区展翼，纷舒锦绣；明珠还浦，独领风骚。台澳扬帆，垂成一统，共挽彤弓射海雕。鸿猷展，且和衷跨纪，更胜今朝。

（四）一字豆

一字豆是词的特点之一。句中稍有停顿叫豆。有些五字句，实际上是"上一下四"的句式，那么这个五字句的第一个字就叫作一字豆。也就是说，在第一个字后面应该稍有停顿，但在此处不加标点。例如，"望长城内外"，"望"字是"一字豆"，在"望"字后面应该稍有停顿。又如，"看红装素裹"，"看"字是一字豆，在"看"字后面应该稍有停顿。

有些八字句也有一字豆，它实际上是"上一下七"的句式。例如，赵朴初的《八声甘州·咏梅》有一句"对飘风骤雪乱群山"，在"对"字后面应该稍有停顿，但不加标点。"对"字就是一字豆。

有些四字句也有一字豆。看下面这首词：

行香子·游兴庆公园
高振儒

花信迟迟，丽日熙熙。眺幽溪、烟草萋萋。桃娇李艳，藤竹偎依。更燕嘤鸣，蜂曼舞，蝶纷飞。　　信步湖堤，静觑清漪。最留连、岸柳丝垂。扁舟竞渡，游客嬉嬉，尽笑盈盈，歌朗朗，语低低。

在这首词里，"更"和"尽"是一字豆。

（五）词的押韵和词的平仄

词也是要押韵的。我们要按照词谱填词，在规定的位置押韵。押韵必须依照韵书。

现在填词较为流行的韵书有两种：《词林正韵》和《中华新韵》(18 韵)。

1.《词林正韵》

唐代填词用的韵书是《唐韵》,宋代填词曾用《广韵》《集韵》。《唐韵》《广韵》和《集韵》,与金代的《平水韵》是一脉相承的。清代的仲恒根据清初沈谦在生前未刊印的韵书《词韵略》,归纳宋词用韵的惯例,把《平水韵》的 106 个韵部合并后划分为 19 个韵部,编写了《词韵》

一书。后来，戈载在道光元年（1821 年）编成了《词林正韵》，人们就依据它填词了。现在某些诗词格律书籍附有《词林正韵》。有的书籍删去《词林正韵》的一些生僻字，改名为《词韵简编》或《词韵字表》，附于书末。本书在附录三有《词林正韵》常用字表（因篇幅所限，只选了极少数的例字），以便读者对《词林正韵》有初步的了解。

《词林正韵》有 19 个韵部。每一个韵部又分为四个声调：平声、上声、去声、入声。四个声调又分为平、仄两大类：平，为平声；仄，为上声、去声和入声。

平声韵和仄声韵的界限是很严格的。词谱规定在某位置用平声韵，就不能用仄声韵；规定用仄声韵，就不能用平声韵。如果规定在某位置可平可仄，你才能任意选择平声或仄声。

上声和去声也可以通用，属于特殊情况。入声的独立性很强。它不能和上声通用，也不能和去声通用。某些词习惯上用入声韵，例如《忆秦娥》《念奴娇》等。

2.《中华新韵》

《中华新韵》有 18 个韵部，每一个韵部又分为四个声调：阴平（一声）、阳平（二声）、上声（三声）、去声（四声）。阴平（一声）、阳平（二声）为平声。上声（三声）、去声（四声）为仄声。

依据《中华新韵》填词，词谱规定用平声韵（一声、二声），就不能用仄声韵（三声、四声）；规定用仄声韵（三声或四声），就不能用平声韵（一声、二声）。阴平（一声）和阳平（二声）都是平声，所以它们可以通用。上声（三声）和去声（四声）在一般情况下不能通用。上声（三声）和去声（四声）通用，属于特殊情况。

词虽然是长短句，但基本上用的是律句（律句指的是五绝、七绝、五律、七律的各种诗句）。词里面的五字句、七字句绝大多数是律句。三字句、四字句、六字句也绝大多数是律句。三字句可以认为是七言律句的末三字，四字句可以认为是七言律句的前四字，六字句可以认为是七言律句的前六字。诗的律句里的平仄很严格，在某些情况下，律句该用平声的地方用了仄声，可以拗救（拗救的概念本书不介绍）。但是词的律句不能拗救，从这个角度看，我们说，词的律句里的平仄更为严格。所以词谱里规定的平仄必须严格执行。除非词谱规定了可平可仄的位置，才可以变通。

词谱中如果某些句式不是律句，这些句式中的平仄也必须按词谱严格执行，自己不得随意改变。

（六）词的对仗

词的对仗，没有硬性规定。多数词谱，虽然没有规定对仗，但是只要前后两句的字数相等，就可以用对仗，当然也可以不用对仗。但也有少数词谱明确规定要用对仗，则必须用对仗。例如，

（1）《西江月》的前阕第一、二句要对仗，后阕的第一、二句要对仗：

　　明月别枝惊鹊，清风半夜鸣蝉。（前阕）

　　七八个星天外，两三点雨山前。（后阕）

（辛弃疾《夜行黄沙道中》）

（2）《浣溪沙》的第四、五句要对仗：

　　无可奈何花落去，似曾相识燕归来。

（晏殊《一曲新词酒一杯》）

（3）《沁园春》的前阕第八、九句要对仗，后阕的第七、八句要对仗：

　　载酒园林，寻花巷陌。（前阕）

　　躲尽危机，消残壮志。（后阕）

（陆游《孤鹤归飞》）

（4）《念奴娇》的前阕第五、六句要对仗：

　　乱石穿空，惊涛拍岸。

（苏轼《赤壁怀古》）

（5）《水调歌头》的后阕第五、六句要对仗：

　　人有悲欢离合，月有阴晴圆缺。

（苏轼《明月几时有》）

（6）《满江红》的前阕第五、六句要对仗，后阕第六、七句要对仗：

　　三十功名尘与土，八千里路云和月。（前阕）

　　壮志饥餐胡虏肉，笑谈渴饮匈奴血。（后阕）

（岳飞《满江红》）

　　词的对仗，有两点和律诗（五绝、七绝、五律、七律）不同：①词的对仗，不一定平仄相对立。例如，"九天月揽，五洋鳖捉。"（叶剑英《忆秦娥·祝科学大会》）"天"是平声，"洋"是平声，出现平声对平声。"揽"是仄声，"捉"是入声，属于仄声，出现仄声对仄声。这种情况在律诗是不允许的，但在词里是允许的。②词的对仗，允许同字相对。例如，"千里冰封，万里雪飘。"（毛泽东《沁园春·雪》）"里"在两句的同一位置。这种情况在律诗是不允许的，但在词里是允许的。

　　四个句子的对仗，在一般情况下，第一句（上句）和第二句（下句）对仗，第三句（上句）和第四句（下

214

句）对仗。例如，

　　　　五岭逶迤腾细浪，乌蒙磅礴走泥丸。

　　　　金沙水拍云崖暖，大渡桥横铁索寒。

　　这里，"五岭"对"乌蒙"，"逶迤"对"磅礴"，"腾"对"走"，"细浪"对"泥丸"，"金沙水"对"大渡桥"，"拍"对"横"，"云崖"对"铁索"，"暖"对"寒"。

　　另外有一种四个句子的对仗，叫作"扇面对"，就是把第一、二句合起来作为上句，把第三、四句合起来作为下句，构成一个对仗。扇面对实际上是第一句对第三句，第二句对第四句。这种扇面对往往出现在《沁园春》中，特别值得注意。例如，

　　望〔长城内外，惟余莽莽；

　　大河上下，顿失滔滔。〕(毛泽东《沁园春·雪》)

　　在这里，"望"是一字豆，在它后面稍有停顿。"望"字与对仗无关。它后面的四句构成扇面对。又如，

　　惜〔秦皇汉武，略输文采；

　　　唐宗宋祖，稍逊风骚〕。(毛泽东《沁园春·雪》)

　　在这里，"惜"是一字豆，它后面的四句构成扇面对。

九、诗词的唱和

　　诗（词）人彼此赠诗（词）唱和（hè），有的诗（词）人对前人的诗（词），再作一首酬答。这样的作品称为"和诗（词）"。

　　"和诗（词）"有次韵、用韵、依韵等形式。因篇幅所限，这里着重讲次韵。

　　什么是次韵（又称步韵）? 举例说明：

七律·秋夜即事

贾宝玉（《红楼梦》人物）

绛芸轩里绝喧哗，桂魄流光浸茜纱。
苔锁石纹容睡鹤，井飘桐露湿栖鸦。
抱衾婢至舒金凤，倚槛人归落翠花。
静夜不眠因酒渴，沉烟重拨索烹茶。

七律·步贾宝玉《秋夜即事》原韵

高振儒

闲庭曲径夜无哗，冷月疏梧映绛纱。
露湿寒林惊倦鹤，苔侵怪石聚啼鸦。
凭栏叶落垂秋泪，搔首诗成剪烛花。
辗侧难眠因口渴，且呼婢女沏新茶。

这两首诗在内容上相关，而且贾宝玉在诗中第一、二、四、六、八句的韵脚是"哗、纱、鸦、花、茶"。高振儒的"和诗"在第一、二、四、六、八句的韵脚也必须用"哗、纱、鸦、花、茶"这几个字，而且先后次序保持不变。这首"和诗"就是次韵（步韵）。

唐多令·柳絮

林黛玉（《红楼梦》人物）

粉堕百花洲，香残燕子楼。一团团、逐队成球。飘泊亦如人命薄：空缱绻，说风流！　草木也知愁，韶华竟白头。叹今生、谁舍谁收！嫁与东风春不管：凭尔去，忍淹留！

唐多令·步林黛玉《柳絮》原韵

高振儒

乱絮满荒洲，香魂入画楼。试冲天、雾里绒球。纷坠天

216

陬终命薄，难再展，旧风流。　　杜宇唤新愁，春华愧白头。问苍天、故土何方？贴水化萍随浪远，身无主、任羁留。

这两首词在内容上相关，而且林黛玉在词中的韵脚是"洲、楼、球、流、愁、头、收、留"。高振儒的"和词"用同样的词牌，在韵脚处也必须用"洲、楼、球、流、愁、头、收、留"这几个字，而且先后次序保持不变。这首"和词"就是次韵（步韵）。

现在我们回答"什么是次韵（步韵）？"甲某写了一首诗（词），乙某作一首诗（词）与甲某唱和（hè）。这两首诗（词）在内容上相关，而且乙某的诗（词）中所有韵脚的字必须与甲某的所有韵脚的字完全相同，先后次序也保持不变。在这种情况下，乙某的"和诗（词）"才称之为次韵（步韵）。

注意：如果乙某写的诗（词）与甲某的诗（词）在内容上相关，但是这两首诗（词）在所有韵脚的字完全不同，甚至于不属于同一韵部，那么乙某的诗（词）也是"和诗（词）"，但不能称之为次韵（步韵）。比如下例，

七律·看《孙悟空三打白骨精》

郭沫若

人妖颠倒是非淆，对敌慈悲对友刁。

咒念金箍闻万遍，精逃白骨累三遭。

千刀当剐唐僧肉，一拔何亏大圣毛。

教育及时堪赞赏，猪犹智慧胜愚曹。

七律·和郭沫若同志

毛泽东

一从大地起风雷，便有精生白骨堆。

僧是愚氓犹可训，妖为鬼蜮必成灾。

金猴奋起千钧棒，玉宇澄清万里埃。

今日欢呼孙大圣，只缘妖雾又重来。

毛泽东的诗与郭沫若的诗在内容上相关，但是郭沫若的诗在韵脚是"淆、刁、遭、毛、曹"，而毛泽东的诗在韵脚是"雷、堆、灾、埃、来"，它们不相同。所以毛泽东的诗是"和诗"，但不是次韵（步韵）。

满江红
郭沫若

沧海横流，方显出英雄本色，人六亿，加强团结，坚持原则。天垮下来擎得起，世披靡矣扶之直。听雄鸡一唱遍寰中，东方白。　　太阳出，冰山滴；真金在，岂销铄？有雄文四卷，为民立极。桀犬吠尧堪笑止，泥牛入海无消息。迎东风革命展红旗，乾坤赤。

满江红·和郭沫若同志
毛泽东

小小寰球，有几个苍蝇碰壁。嗡嗡叫，几声凄厉，几声抽泣。蚂蚁缘槐夸大国，蚍蜉撼树谈何易。正西风落叶下长安，飞鸣镝。　　多少事，从来急；天地转，光阴迫。一万年太久，只争朝夕。四海翻腾云水怒，五洲震荡风雷激。要扫除一切害人虫，全无敌。

毛泽东的词与郭沫若的词在内容上相关，但是郭沫若的词在韵脚是"色、则、直、白、滴、铄、极、息、赤"，而毛泽东的词在韵脚是"壁、泣、易、镝、急、迫、夕、激、敌"，它们不相同。所以毛泽东的词是"和词"，但不是次韵（步韵）。

十、如何写诗词

陆游教导他的儿子："汝果欲学诗，工夫在诗外。"要写好诗词，首先要投入到社会实践中去，体验生活，确立正确的世界观。其次，要多读、多记、多练、多改。在写作技巧方面还要注意以下几个方面：

（一）意境的创造

意境是指文学作品所描写的生活图景和所表现的思想感情融合而成的一种艺术境界，判断诗词是否有意境，就是看它是否做到情景交融。例如，"红杏枝头春意闹"，这个"闹"字使意境全出。例如，淮上女在金兵南侵时被掠走，她在途中写的《减字木兰花》做到情景交融。

减字木兰花
淮上女

淮山隐隐，千里云峰千里恨。淮水悠悠，万顷烟波万顷愁。山长水远，遮住行人东望眼。恨旧愁新，有泪无言对晚春。

（二）重在立意

"意"就是主题思想。"意在笔先"是古人作诗填词的经验之谈。我们要"工于炼意"，就是说，在社会生活中，经过观察体验，提炼出一个能够反映生活本质的主题，作为贯穿诗词的思想和感情。炼意的要领是：①贵约（简明，集中）；②贵新（要有新意）；③贵深（深刻）。

（三）以情感人

古人说："无情即无诗"。情是有喜怒哀乐之分的。

写诗填词，既要写歌颂、赞美的作品，又要写讽刺、鞭挞的作品，要激发读者的共鸣。

（四）要用形象思维

形象思维是一切艺术创作的基本特征。当然也是诗词创作的本质特征。形象思维就是用具体事物的形象来表达抽象的思想感情。

（五）表达要含蓄

诗词尤贵含蓄。含蓄表达有三种形式：① 言外有余意，即弦外有音；② 话不明说，发人深省；③ 话说半截，余意由读者寻绎推理而得之。

（六）艺术夸张

没有艺术夸张，便没有艺术，也就没有诗词。李白《望庐山瀑布》："日照香炉生紫烟，遥看瀑布挂前川。飞流直下三千尺，疑是银河落九天。"这里的"三千尺"和"银河落九天"都是艺术夸张。

（七）炼字锻句

对诗词的字句要千锤百炼。锻句，常常归结为炼字。诗（词）句中最重要的一个字就是谓语的中心词。把这个中心词炼好了，就是一字千金。谓语的中心词一般是动词。因此，炼字往往是炼动词。例如，"鸟宿池边树，僧敲月下门"。诗人锤炼后，把"推"字改为"敲"字。此事成为千古佳话。形容词和名词，当它们用作动词时，往往也是炼字。例如，"春风又绿江南岸"，这里的"绿"字就是炼字。又如，"粪土当年万户侯"，这里"粪土"是名词，当动词用，也是炼字。形容词即使不用作动词，有时也有炼字的作用。例如，"草枯鹰眼疾，雪尽马蹄轻"（王维《观猎》）。这里，"枯、疾、尽、轻"都是谓语，但是"枯、尽"是平常的谓语，而"疾、轻"是炼字。

"古今诗人以诗名世者，或只一句，或只一联，或只一篇。"比如，"曲终人不见，江上数峰青"，钱起因此出名。"故国三千里，深宫二十年"，张祜因此出名。"野火烧不尽，春风吹又生"，白居易因此出名。"鸟宿池边树，僧敲月下门"，贾岛因此出名。

中华诗词源远流长，精美博大，无与伦比。无论思想之含蓄、意境之深邃、感情之充沛、语言之丰富、文字之凝练、音韵之优美、风格之纷繁、体式之多姿、技艺之高超、生命之强大，可以说，任何一个国家的诗歌不能与之相媲美。目前一些大学和中小学正在普及诗词格律，创作了一批优秀的诗词作品，可喜可贺。愿与广大诗友重振诗国雄风。

承蒙西北工业大学力学与土木建筑学院为我提供了这个神圣的讲坛，让我举办诗词格律讲座，在此谨表谢意。

2018 年 4 月

附　录

附录一　平水韵（佩文诗韵）常用字表

　　这个字表以王力先生所著《诗词格律》中的《诗韵举要》为蓝本。因篇幅所限，删去了一些韵部，象征性地选录了极少数的常用字。有学者认为，因为平声字太多，所以平水韵（佩文诗韵）把平声字分为两部分：上平声和下平声。这个字表仅供这次讲座使用。

（一）上平声

　　［一东］东中枫红丛穹同弓雄穷 ……（原有 63 字）

　　［二冬］冬农钟龙容胸凶浓逢蜂 ……（原有 39 字）

　　［五微］微衣归晖挥飞依希威饥 ……（原有 33 字）

　　［九佳］佳柴崖排乖怀淮豺埋阶 ……（原有 27 字）

　　［十灰］灰回梅媒推开哀台堆该 ……（原有 50 字）

　　［十一真］真新人因晨仁神身亲春 …（原有 87 字）

　　［十三元］元原昏言烦门存温魂村 …（原有 54 字）

　　［十四寒］寒难丸丹安滩残肝兰完 …（原有 53 字）

　　［十五删］删闲颜关湾还环班蛮山 …（原有 25 字）

　　（因篇幅所限，删去了［三江］［四支］［六鱼］［七虞］［八齐］［十二文］。）

（二）下平声

　　［一先］先年前千天坚传牵跹仙 ……（原有 109 字）

　　［四豪］豪高逃刀条涛陶曹毛牢 ……（原有 50 字）

［六麻］麻遮斜涯家华蛇沙家花　……（原有 46 字）

［八庚］庚横惊嵘评情彭英平兄　……（原有 88 字）

［九青］青经形亭停丁星宁灵听　……（原有 52 字）

［十蒸］蒸承陵冰升凭朋崩仍登　……（原有 54 字）

［十一尤］尤流楼眸柔鸠游舟浮矛　…（原有 87 字）

［十三覃］覃南男含堪谈甘三贪函　…（原有 28 字）

［十四盐］盐帘严嫌谦纤签炎尖兼　…（原有 37 字）

［十五咸］咸岩帆衫杉监谗衔搀凡　…（原有 18 字）

（因篇幅所限,删去了［二萧］［三肴］［五歌］［七阳］
［十二侵］。）

（三）上声

（注意：古代的许多上声字现在都读成去声。）

［一董］董孔总桶　………………（原有 8 字）

［二肿］肿宠垄捧冗勇涌恐耸　……（原有 21 字）

［二十八俭］俭敛险检脸染掩点贬　…（原有 24 字）

［二十九豏］豏范减舰犯斩　………（原有 10 字）

（因篇幅所限，删去了［三讲］［四纸］［五尾］
［二十七感］。）

（四）去声

［一送］送梦凤洞众贡弄冻痛栋　……（原有 19 字）

［二宋］宋用颂俸共供　…………（原有 16 字）

［三绛］绛降巷撞　………………（原有 4 字）

［四寘］寘事地志泪吏字义智戏　……（原有 110 字）

［五未］未味气贵费毅既尉畏渭　…（原有 22 字）

［六御］御去处虑据预署著恕庶　…（原有 24 字）

［二十九艳］艳剑念验店垫欠　……（原有 19 字）

［三十陷］陷鉴梵忏嵌　…………（原有 9 字）

（因篇幅所限，删去了［七遇］［八霁］［九泰］
［二十八勘］。）

（五）入声

［一屋］屋木竹目服福谷菊祝秃 ……（原有85字）

［二沃］沃玉足曲录毒促触旭督 ……（原有37字）

［十六叶］叶帖贴接猎荚 …………（原有45字）

［十七洽］洽峡法甲鸭怯劫夹 ………（原有25字）

（因篇幅所限，删去了［三觉］［四质］［五物］
［十五合］。）

附录二 中华新韵（诗韵新编）常用字表

这个字表以《诗韵新编》（上海古籍出版社出版）为蓝本。因篇幅所限，删去了一些韵部，象征性地选录了极少数的常用字。这个字表仅供这次讲座使用。

《中华新韵》依照普通话的字音，分为18个韵部：一麻、二波、三歌、四皆、五支、六儿、七齐、八微、九开、十姑、十一鱼、十二侯、十三豪、十四寒、十五痕、十六唐、十七庚、十八东。每一韵部划分为平、仄两大类。平声分为阴平（一声）和阳平（二声）。仄声分为上声（三声）和去声（四声）。为了方便使用《平水韵》的读者，也酌情列出入声的常用字。（说明：《诗韵新编》把《中华新韵》的"十模"改为"十姑"。）

一麻

［平声·阴平］

啊巴叉瓜哈家夸拉妈葩沙他蛙虾鸦抓……

［平声·阳平］

嘎茶打（dá）华划麻南爬啥娃霞牙咱……

［仄声·上声］

把镲打（dǎ）寡哈（hǎ）贾卡俩马哪卡（qiǎ）洒耍瓦雅傻……

［仄声·去声］

罢岔大卦化价跨落（là）骂那怕厦瓦（wà）下讶炸……

［仄声·入声］

八插答发刮夹掐杀塌挖瞎压匝……

二波

[平声·阴平]

波搓多锅豁挵罗（luō）喔坡梭拖涡……

[平声·阳平]

脖嵯罗（luó）模挪婆捼驼……

[仄声·上声]

跛脞朵果火裸娜颇所妥我左……

[仄声·去声]

簸错舵过货磨糯做破偌唾卧涴坐……

[仄声·入声]

拨撮郭摸泼说脱桌……

（因篇幅所限，删去了三歌、四皆、五支、六儿、七齐、八微、九开、十姑、十一鱼、十二侯、十三豪、十四寒、十五痕、十六唐。）

十七庚

[平声·阴平]

崩称登风更亨惊坑拎蒙乒青扔生厅翁兴英曾……

[平声·阳平]

甬层逢横灵萌宁朋晴仍绳疼形迎……

[仄声·上声]

柄骋顶讽耿景岭猛拧捧请省挺蓊醒影整……

[仄声·去声]

病秤定奉更横（hèng）敬令梦泞碰庆盛圣兴幸硬证……

十八东

[平声·阴平]

冲 东 功 轰 垌 空 公 松 通 兄 拥 忠……

[平声·阳平]

崇 宏 龙 浓 穷 荣 同 雄 容……

[仄声·上声]

宠 董 巩 哄 迥 孔 垄 冗 耸 统 勇 肿……

[仄声·去声]

铳 冻 共 控 送 弄 颂 痛 仲 用 众……

附录三 《词林正韵》常用字表

这个字表以高振林《诗词格律例解》中的《词林正韵》(摘要)为蓝本。因篇幅所限,删去了一些韵部,象征性地选录了极少数的常用字。这个字表仅供这次讲座使用。

第一部

[平声]

东通同童铜冬彤松宗棕钟冲蜂龙容……

[仄声]

上声

董桶懂拢总孔汞肿冗垄勇恐耸巩涌……

去声

送冻栋痛洞宋众凤用俸纵颂诵供共……

第二部

[平声]

江阳妨裳窗双扬洋羊芳唐堂汤郎桑……

[仄声]

上声

讲港项棒蚌养奖桨两掌荡党倘朗广……

去声

绛浪上降唱巷幢撞漾样放妄向抗丧……

228

第八部

[**平声**]

萧刁凋尧宵消焦标爻肴淆郊包豪毛……

[**仄声**]

上声

草老了晓娆皎巧狡炒爪小扰表考早……

去声

啸吊钓叫笑哨俏照效孝豹闹号靠报……

第十一部

[**平声**]

晴明庚坑耕争清声青萍蒸升登恒伶……

[**仄声**]

上声

梗猛耿静岭茗顶拯等挺饼井逞整影……

去声

映敬竟硬进劲姓性径定证凳政庆命……

第十八部

（第十八部没有平声、上声、去声，只有入声。入声属于仄声。）

[**仄声**]

入声

绝勿物迄乞屹月越伐没勃忽喝达末脱夺八拔刹屑切节薛泄舌叶接聂贴协侠……

第十九部

（第十九部没有平声、上声、去声，只有入声。入声属于仄声。）

[**仄声**]

入声

合 阁 杂 盍 塔 腊 业 胁 劫 洽 峡 插 狎 甲 压 鸭 乏 法……

（因篇幅所限，删去了第三部、第四部、第五部、第六部、第七部、第九部、第十部、第十二部、第十三部、第十四部、第十五部、第十六部、第十七部。）

附录四 《高元白诗词选》序

恰逢《琴剑诗词》雕版之际，先父元白公之遗容时映眼帘。昔日教诲，发聋振聩，余铭记在心。每当吟咏之余，方知功力浅薄；遣词造句，捉襟见肘。古人名言："少壮不努力，老大徒伤悲。"信矣。

此书瑕疵尚多，不日面世，将愧对读者，亦有辱家声，终日惶惶不安也。

今将《〈高元白诗词选〉序》缀于书末，权作区区缅怀之情矣。

——高振儒

华夏诗歌源远流长，广博深邃。名篇佳帙，浩如烟海，胜义纷呈。

诗者，在心为志，发言为诗，时明则咏，时暗则刺。孔子曰："不学诗，无以言。"《诗经》存于世者三百五篇，夫子删定垂世，为六艺之一。屈原行吟泽畔，作《离骚》，盖因忧国忧民也。《诗经》《离骚》堪称历代词章之鼻祖。自汉魏以来，诗妙于曹植，成于李杜。曹植诗文，源出《国风》，骨气奇高，词采华茂，情兼雅怨，体被文质，粲溢今古，卓尔不群！李白为天才绝，其诗度越六代，与汉魏乐府争衡，逸态凌云，照映千古。杜甫之于诗，积众家之长，穷高妙之格，极豪逸之气，包冲淡之趣，兼峻洁之姿，备藻丽之态，故卓然为一代冠，彪炳千古。杜诗善陈时事，堪称"诗史"。

"江山代有才人出，各领风骚数百年。"宋元明清，鸿儒林立，名篇迭出。自民元迄于当世，时有佳什，传诵艺林。

胡应麟云："诗至于唐而格备，亦至于唐而体穷。故宋人不得不变而之词，元人不得不变而之曲。"词者，诗之余也。李白《菩萨蛮》《忆秦娥》，为词开山。词盛于宋代，自姜（夔）张（炎）以格胜，苏（轼）辛（弃疾）以气胜，秦（观）柳（永）以情胜，其派乃分，各造其极。

诗品出于人品，风格迥异，或豪迈飘逸，或悲壮激越，或俊爽旷达，或缠绵悱恻，或精工典丽，或质朴奇肆。诗家各有胜处，名贤论诗，嗜好各异，见仁见智，故褒贬不一。唐人尊崇李白、杜甫，每以"李杜"并称。韩愈曰："李杜文章在，光焰万丈长。"宋代鸿儒，宗尚各别。宋初皆宗白居易。祥符、天禧之间，杨文公之辈，专喜李商隐。庆历后，天下知尚古文，于是李白、韦应物之诗，始杂见于世。杜甫诗文最为晚出。杨亿、欧阳修之俦，皆不喜杜诗。苏轼独好陶渊明，推崇备至，以为曹（植）、刘（桢）、鲍（照）、谢（灵运）、李（白）、杜（甫）所不能及也。

凡为诗者，穷究诗之要道，然古人少彰枢机。元好问云："鸳鸯绣了从教看，莫把金针度与人。"王力先生博采众长，揭示赋诗填词之秘诀："诗家三昧不难求，形象思维孰与俦。南国永怀花似锦，西楼独上月如钩。萋萋芳草添游兴，滚滚长江动旅愁。情景交融神韵在，不须修饰自风流。"

先父元白公，乃陕西师范大学中文系教授、著名教育家、语言学家和社会活动家，蜚声国内外。闲暇雅好诗词，尤喜白居易诗风：自擅天然，贵在近俗，老妪闻而晓解。新中国成立之初，尝以诗稿见示，洋洋数百首。敬受而恭读之，字字珠玑，一唱三叹，令人回肠荡气。新中国成立以来，先父治学育人依然执著，几无闲暇，故极少赋诗。后又散佚颇多，仅存一百多首。二○○○年六月二十七日，遽归道山，思慕无已。

胞姐振美自幼至孝，今自筹资金，拟印行先父遗著《高元白文存》（内含《新诗韵十道辙儿》《汉字的起源发展和改革》《汉语音韵学要略》《庄子研究》《高元白诗词选》等多部），了却先父遗愿。忆昔胞姐十岁登台演讲《木兰代父从军》，彼时情景，宛然如昨，岂料今日竟成谶语，思忖良久，不胜感慨。昆弟姐妹八人，手足情深，各尽所能，或策划，或设计，或编辑，或校勘，或联络，共同实现宏愿。余自幼愚拙，才薄能鲜，未成大器，蜗居高校，讲授"高等数学"。胞姐嘱余校勘《新诗韵十道辙儿》《汉语音韵学要略》及《高元白诗词选》。余已年近古稀，苟延残喘，担此重任，惴惴不安也。遂弃理习文，终日研读切韵、广韵、唐诗、宋词。所幸少承庭训，粗晓诗词之道。继《新诗韵十道辙儿》《汉语音韵学要略》之后，编辑并注释《高元白诗词选》。

纵览先父诗词，雄浑苍茫，语多奇气，明白晓畅，平易近人，不事雕馈，俱成妙诣。文如其人，犹见其人品高尚。

始读之，爱国情怀，家国之恨，跃然纸上："燕山隐隐，千里狼烟家国恨。目送残晖，有泪无家何处归？倭刀溅血，掩面喑呜心激越。宝剑横磨，众志成城定逐倭。"（《减字木兰花·流亡途中，闻北平失守感赋》）目睹山河破碎，铜驼泣露，先父义愤填膺，"愿领学生军，出关平寇氛"，欲投笔从戎，收复失地。

又读之，心系国运，针砭时弊，大义凛然。《七绝·观瀑布》："云天飞瀑下重峦，劈壁雷霆震野滩。阅尽人间千古事，悲怀万种诉辛酸。"此诗忧时疾世，积愤难比，以诗呐喊，无情鞭笞旧社会。

再读之，投身民主运动，忧国忧民，扭转乾坤，抱负远大。《七绝·与杜斌丞表兄重庆夜谈感赋》："山城深夜话平生，不弃庸愚寄望诚。民主风雷掀四海，愿如海燕逐涛鸣。"《淡黄柳·寄怀杜斌丞表兄》："寒鸦竹坞，迷却苍苔路。别绪如织心正苦。记得山城絮语，都是忧时万言疏。　倚阑伫，遥天酿烟雾。树难静，霎时雨。任风吹雨打千千度。企盼晴空，古琴重抚，将是新声换谱。"

继读之，讴歌中朝友谊，情深意切。一九五三年十月，先父随慰问团赴朝鲜，慰问志愿军。朝鲜金一将军、李权武将军设宴款待慰问团。归国前先父感慨赋诗《五律·朝鲜黄海道西海岸即景》："黄海绿无遮，飞鸥点点斜。开怀迎曙色，放眼到天涯。水拍朝鲜岸，波回禹甸家。友情连两国，景物自光华。"

细读之，豪情颂党，咏赞鼎革，一颗赤子之心，忠心可鉴。如《七律·庆"七一"》："南湖北斗逐云烟，星火犹焚霸主鞭。拔却三山成乐土，荡平四害换新天。春潮涌动千家暖，神箭遨游万里妍。更喜双珠还合浦，尧年曼舞颂先贤。"

品读之，夫妻恩爱，情谊缠绵，相思刻骨铭心。一九三〇年先父保送升入北京师范大学，先母于折扇题诗相赠，勉励之情殷殷。《折扇诗》："爱国利天下，效力为人民。事物常变化，是非求其真。读书须勤奋，忠恕以待人。学海无涯岸，才华忌自矜。虚荣排胸外，自强乃有神。俚辞书折扇，持以赠夫君。"先母病逝后，先父赋诗缅怀。《七律·悼亡妻冯畹兰夫人》："东风庭院月昏沉，缥缈音容怎觅寻？忆昔花丛留倩影，思今庐舍剩孤心。腥风避地持家苦，浩劫分忧卧病深。折扇题诗成幻梦，九泉魂断泪沾襟。"

卒读之，歌颂壮丽山河，咏物骋怀，情味隽永。《七律·落花诗》："千红万紫斗芳菲，摇曳东风落翠微。馥郁云霞拂高髻，缤纷烟雨洒征衣。愿为锦绣铺中土，更振灵魂卫大旂。化作赪泥终不悔，来年烂熳映朝晖。"先父毕生从教，甘作人梯，培养莘莘学子，无怨无悔，其忘我精神，感人至深。

先父阐释鲁迅、黎锦熙诸公之宏论，疾呼"诗韵革命"。独树一帜，力主《新诗韵十道辙儿》，便于工农兵创作诗歌。一石激起千重浪，引发诗坛共鸣。语言学泰斗黎锦熙大师赋诗赞赏："'十韵'从宽我赞成，'八龙'删并要分明。韵书本在通文质，音典还须酌古今。"先父试用十道辙儿作诗多首，散见于报刊。今觅得数首，亦收入集内。

先父遗诗，多为零星散篇，且字迹草草。先父尝言，平生从未全力向诗，所吟诗词皆非斟酌定墨之作，故不宜结集出版。余以为，刊布先父遗作，以著先人懿德，并华诗壤，虽有瑕疵，仍不失为诗坛善举。故历时三载，校勘、注释、编辑之，以飨读者。诗句明显讹脱衍误，径予补改删除；异文则参校他本，择善而从。本卷收入诗词凡一百四十首，大体按年序编排。与诗词相关之文献，作为《附录》，殿于集末。《附录》中有知名人士宋伯鲁、宋联奎、于右任、林砺儒、黎锦熙、董必武、林伯渠、柳亚子、杜斌丞、马师儒、吴世昌、高照初、高建白、高元白、霍松林、高宪斌诸公所撰史料，鲜为人知，却颇有裨益，值得一读。

本卷面世之际，余如释重负，告慰在天之灵，亦当含笑九泉也。鉴谅些许孝心，足矣。

霍松林教授乃我国著名诗人及诗学理论家，与先父私交甚密。年近九秩高龄，为本卷题签，嘉惠实多，不胜感荷！承蒙刘天泽、李剑平、郑言武、龚成惠、王梦学、高振宇、杜如樟诸学者慨然赐教，针荒砭陋，始得以付梓，在此谨表谢意。书中疏舛，在所难免，企望读者惠予匡正。今以识力所限，暂付缺如。修订补苴，俟诸异日。二〇一〇年五月一日高振儒谨为之序。二〇一八年五月一日略作修订。